¡ME SIENTO DEBILUCHO, PANORÁMIX!
OBÉLIX, ¡NO!... ¡NO TE DARÉ POCIÓN MÁGICA! ¡TE HE DICHO MIL VECES QUE TE CAÍSTE DENTRO CUANDO ERAS PEQUEÑO!

GOSCINNY Y UDERZO
PRESENTAN
UNA AVENTURA DE ASTÉRIX

ASTÉRIX EN LUSITANIA

Texto de **FABCARO** Dibujos de **Didier CONRAD**

Color: Thierry Mébarki

SALVAT

www.asterix.com

Asterix y Obelix @lartdasterix

Título original: *Astérix en Lusitanie*
Traducción: Isabel Soto y Alejandro Tobar

Primera edición: octubre 2025

Publicado en 2025 por:
Grupo Editorial Bruño, S. L.
Valentín Beato, 21. 28037 Madrid
Depósito legal: M-16673-2025
ISBN: 978-84-696-4432-4
Printed in Spain-Impreso en España

PAPEL DE FIBRA CERTIFICADA

ESTAMOS EN EL AÑO 50 ANTES DE JESUCRISTO. TODA LA GALIA ESTÁ OCUPADA POR LOS ROMANOS… ¿TODA? ¡NO! UNA ALDEA POBLADA POR IRREDUCTIBLES GALOS RESISTE TODAVÍA Y SIEMPRE AL INVASOR. Y LA VIDA NO ES FÁCIL PARA LAS GUARNICIONES DE LEGIONARIOS ROMANOS EN LOS REDUCIDOS CAMPAMENTOS DE BABAORUM, AQUARIUM, LAUDANUM Y PETIBONUM…

ASTÉRIX, EL HÉROE DE ESTAS AVENTURAS. UN PEQUEÑO GUERRERO DE ESPÍRITU ASTUTO Y VIVA INTELIGENCIA. LAS MISIONES PELIGROSAS LE SON CONFIADAS SIN TITUBEOS. ASTÉRIX RECIBE SU FUERZA SOBREHUMANA DE LA POCIÓN MÁGICA DEL DRUIDA PANORÁMIX.

OBÉLIX, EL AMIGO INSEPARABLE DE ASTÉRIX. DE OFICIO REPARTIDOR DE MENHIRES, GRAN AMANTE DE LOS JABALÍES Y DE LAS BUENAS PELEAS. OBÉLIX SIEMPRE ESTÁ DISPUESTO A ABANDONARLO TODO PARA SEGUIR A ASTÉRIX EN UNA NUEVA AVENTURA. LE ACOMPAÑA IDEAFIX, EL ÚNICO PERRO ECOLOGISTA CONOCIDO, QUE AÚLLA DE PENA CUANDO CORTAN UN ÁRBOL.

PANORÁMIX, EL VENERABLE DRUIDA DE LA ALDEA, RECOGE HIERBAS Y PREPARA POCIONES MÁGICAS. SU MAYOR TRIUNFO ES EL BREBAJE QUE DA FUERZA SOBRENATURAL AL CONSUMIDOR. PERO PANORÁMIX TIENE MUCHAS OTRAS RECETAS EN RESERVA…

ASURANCETÚRIX ES EL BARDO. LAS OPINIONES SOBRE SU TALENTO ESTÁN DIVIDIDAS: ÉL OPINA QUE ES GENIAL; LOS DEMÁS PIENSAN QUE ES UN PELMAZO. DE TODOS MODOS, CUANDO NO DICE NADA, ES UN ALEGRE Y QUERIDO COMPAÑERO…

ABRARACÚRCIX ES EL JEFE DE LA TRIBU. MAJESTUOSO Y VALIENTE, AUNQUE ALGO SUPERSTICIOSO, ESTE VIEJO GUERRERO ES RESPETADO POR SUS HOMBRES Y TEMIDO POR SUS ENEMIGOS. ABRARACÚRCIX SOLO TEME A UNA COSA: QUE EL CIELO LE CAIGA SOBRE LA CABEZA, PERO COMO ÉL MISMO DICE, «ESO NO VA A PASAR MAÑANA…».

UNA HERMOSA MAÑANA DE PRIMAVERA, CERCA DE UNA ALDEA QUE CONOCEMOS BIEN...
¡QUÉ ALEGRÍA QUE REGRESE ESPIGADEMAÍZ! ¡MARAVILLOSO DÍA, PRESIENTO QUE COMETERÉ ALGUNA LOCURA!
¡MALDICIÓN! ¡OTRO MONTÓN DE SESTERCIOS MALGASTADOS EN SANDECES!
¡ESPERO QUE TRAIGA DULCES FENICIOS, COMO LA ÚLTIMA VEZ!
¡Y MI ACEITE DE ROCA!
1A
¡AMIGOS MÍOS! ¡SIEMPRE ES UN PLACER VOLVER A VEROS!
¡YA TE DIGO, UN PLACER PARA TU BOLSILLO!
OS TRAIGO PÚRPURA DE TIRO, SEDA DE LUOYANG, MIRRA DE TEBAS Y, PENSANDO SOBRE TODO EN LAS SEÑORAS, LA GUINDA DEL PASTEL. ¡UN SUEÑO HECHO REALIDAD!
?
?
?
?
?
?
¿UN SUEÑO? MÁS BIEN UNA PESADILLA...
A MÍ ESTE PASTEL... NI FU NI FA...
NI GUINDA NI GUINDO. Y TAMPOCO UNA PERITA EN DULCE...
EJEM, NO..., ESTE ES UN LUSITANO QUE HA APROVECHADO MI VIAJE.
¡SALVE, OH, ABRARACÚRCIX, JEFE DE LOS IRREDUCTIBLES! ME ENVÍAN PARA SOLICITAR TU COLABORAÇÃO...
¡VAYA COSAS TAN RARAS QUE LE MANDAN A ABRARACÚRCIX!
1B

ME LLAMO VENAGAES Y VENGO DESDE MI LUSITANIA NATAL PARA PEDIR VUESTRA AYUDA...
ANTES DE QUE ME EMANCIPARAN, PARTICIPÉ COMO MANO DE OBRA EN «LA RESIDENCIA DE LOS DIOSES». FUE ALLÍ DONDE OS VI PELEAR CONTRA LOS ROMANOS GRACIAS A LA POÇÃO MÁGICA...
SU CARA ME QUIERE SONAR...
MI MEJOR AMIGO, AVERSIVÉS, ES EL FABRICANTE DE UN *GARUM* QUE A CÉSAR LE ENCANTA Y QUE PIDE QUE LE ENVÍEN EXPRESAMENTE A SU PALACIO DE ROMA...
¿*GARUM*?
¿ES SENSACIÓN MÍA O HABLA POR LOS CODOS?
EL *GARUM* ES UNA SALSA REALIZADA A BASE DE PESCADO MUY APRECIADA POR LOS ROMANOS. A VECES LE AÑADO UNAS GOTAS A MI POCIÓN PARA DARLE SABOR...
EL CASO ES QUE AVERSIVÉS HA SIDO ACUSADO DE TRATAR DE ENVENENAR A CÉSAR CON SU *GARUM*... ¡UNA *ABERRAÇÃO*!
¿TÚ ENTIENDES SU ACENTO?
¡CIERRA EL PICO, OBÉLIX!
2A
NO ES QUE LOS ROMANOS NOS AGRADEN DEMASIADO, PERO NO ME IMAGINO A AVERSIVÉS COMETIENDO UN ACTO ASÍ... ¡Y CÉSAR HA ORDENADO QUE LO ARROJEN A LOS LEONES!
¡¿QUÉ?!
¡QUÉ BARBARIDAD! ¡NO PERMITIREMOS QUE UN POBRE INOCENTE SUFRA EL PESO DE TAL INJUSTICIA!
EL PESO, ESA ES LA PALABRA QUE BUSCABA...
¡ASTÉRIX Y OBÉLIX TE ACOMPAÑARÁN A TU TIERRA PARA AYUDAROS!
¡PUEDES CONTAR CON NOSOTROS! ¡A AVERSIVÉS NO LE OCURRIRÁ NADA!
¡SALSA DE PESCADO, QUÉ BARBARIDAD! ¡OS LIBERAREMOS DE EGA PORQUERÍA!
2B

DURANTE ESE TIEMPO...
¡EXCELENTE TRABAJO, MALASARTES!
TU INTERVENCIÓN EN EL ALMACÉN HA SIDO TODO UN ÉXITO...
PAN COMIDO PARA MÍ, OH, GOBERNADOR ÁVIDUS. EN MI FAMILIA, LA TRAICIÓN ES UN OFICIO QUE PASA DE PADRES A HIJOS DESDE LOS TIEMPOS DE VIRIATO...
EL RANCHO PARA LOS PRISIONEROS...
TE GANARÁS TU PROPIA DOMUS EN LAS COLINAS DE OLISIPO* Y UN LOTE DE ESCLAVOS...
¡AVERSIVÉS, LAS ZANAHORIAS!
* LISBOA.
VETE TÚ A SABER POR QUÉ CÉSAR SE PIRRA POR ESE GARUM ARTESANAL DE PROVINCIAS...
QUÉ MÁS DA... LE GUSTE O NO, A PARTIR DE AHORA TENDRÁ QUE ABASTECERSE EN GARUM LUPUS®, ¡EL EMPORIO DE MI PRIMO CRESUS LUPUS!
3A
¡Y QUÉ PUEDE CONCEDER MÁS PRESTIGIO QUE ASOCIAR EL NOMBRE DE CÉSAR A TU MARCA! CONOZCO A UN COMERCIANTE DE ENSALADAS QUE...
¡LO TIENES TODO PENSADO, MALASARTES!
¡TU PRIMO TE DEBERÁ UN GRAN FAVOR!
Y YA SE ME HA OCURRIDO CÓMO ME LO PUEDE DEVOLVER...
ES ÍNTIMO DE CÉSAR, ASÍ QUE INTERCEDERÁ POR MÍ ANTE ÉL... ¡SE ACABÓ LA MISERABLE PROVINCIA LUSITANA, ROMA ME ESPERA! ¡CÉSAR ME NOMBRARÁ CONSEJERO!
Y DE CONSEJERO A DICTADOR SOLO HAY UN PASO...
¿QUIÉN SABE? CÉSAR PODRÍA RESBALAR SIN QUERER EN UN CHARQUITO DE GARUM Y...
SÍ, ES UNA SITUAÇÃO BASTANTE HABITUAL...
3B

TRAS ALGUNOS PREPARATIVOS... Y UNAS CUANTAS COMPRAS...
¿ESTÁS SEGURO DE QUE NO TE MOLESTA LLEVARNOS?
¡SEGURÍSIMO! TENGO QUE COSTEAR LUSITANIA PARA DIRIGIRME A MAURITANIA...
TOMA, ASTÉRIX, PROVISIONES...
¡BUF! ¡SIEMPRE SON LOS MISMOS LOS QUE SE APROVISIONAN!
¡GRACIAS! SIN TI, NUESTRA AFLIÇÃO NO TENDRÍA FIN.
¡LOS ENEMIGOS DE NUESTROS ENEMIGOS SON NUESTROS AMIGOS!
¿UNA BREVE ODA A LAS OLAS?
ADELANTE, QUE DEL CORO DE CHAPOTEOS YA ME ENCARGO YO...
Y NUESTROS AMIGOS, UNA VEZ MÁS, EMPRENDEN UN LARGO PERIPLO...
¿SIGUEN SIENDO TUS SOCIOS?
¡QUÉ VA! ESTOS SON CLIENTES.
FIRMARON UN CONTRATO QUE PUEDEN RESCINDIR EN UN AÑO, AUNQUE LUEGO NINGUNO RECUERDA EN QUÉ FECHA...
AL MENOS PARECE QUE EL NEGOCIO FUNCIONA.
DESDE QUE LOS ROMANOS ENTENDIERON QUE PODÍAN COMER TODO EL AÑO FRUTA FUERA DE TEMPORADA GRACIAS AL TRANSPORTE MARÍTIMO, ¡EL NEGOCIO MARCHA VIENTO EN POPA!
PERO TANTO IR Y VENIR DEBE DE DEJAR SU HUELLA, ¿NO CREES?
SIN EMBARGO, CUANDO ROMA PAGA, MANDA... ¡MÁS VALE ADAPTARSE A LOS NUEVOS TIEMPOS, AMIGO ASTÉRIX!
¡Y TANTO!
NO ENTIENDO POR QUÉ LA GENTE NO COME JABALÍ... ¡SIEMPRE TIENE BUENA CARNE Y CRECE TODO EL AÑO!
¡O BACALHAU, COMO MANDA NUESTRA TRADIÇÃO!
¡OH, SÍ! ¡OH, SÍ! ¡OH, SÍ! ¿QUÉ ES?
¡ES UN PESCADO QUE SE SALA Y SE DEJA SECAR MUCHÍÍÍÍÍÍSIMO TIEMPO AL SOL!
¿COMO HACE ORDENALFABÉTIX?
ASTÉRIX, ¿DE VERDAD TENEMOS QUE IR TAN LEJOS?

AL CABO DE UNOS DÍAS...
AMIGOS, SI TODO VA BIEN, MAÑANA ARRIBAREMOS A LUSITANIA, EL GRAN CENTRO DEL COMERCIO INTERNACIONAL...
UN DÍA TODO ESTARÁ BIEN, ESA ES NUESTRA ESPERANZA; TODO ESTÁ BIEN HOY, ESA ES NUESTRA ILUSIÓN.
ASTÉRIX, ME DEPRIMEN ESAS FRASECITAS SOBRE LA ESPERANZA DE LA ILUSIÓN DE MAÑANA Y DE ANTES DE AYER...
VEO QUE YA HABÉIS DESCUBIERTO LA SAUDADE LUSITANA...
¿DE DÓNDE OS VIENE ESA MELANCOLÍA, VENAGAES?
NO PODEMOS EVITARLA, SE TRANSMITE DE GERAÇÃO EN GERAÇÃO DESDE LA DERROTA DE VIRIATO...
¿VIRIATO?
¡EL MEJOR JEFE QUE HA TENIDO NUNCA NUESTRO PUEBLO, UN GUERRERO VALIENTE, CARISMÁTICO Y GENEROSO!
5A
SUCEDIÓ HACE MUCHO TIEMPO. AQUEL ANTIGUO PASTOR CONVERTIDO EN JEFE DE TODAS NUESTRAS TRIBUS DESAFIÓ A LOS EJÉRCITOS ROMANOS Y DEVOLVIÓ LA ESPERANZA Y EL ORGULLO AL PUEBLO LUSITANO...
¡CALLAOS DE UNA VEZ! ¿¡NO VEIS QUE ESTÁ OCUPADO?!
BEEEE
POR DESGRACIA, FUE TRAICIONADO POR TRES DE SUS AMIGOS, QUE ACEPTARON LOS SESTERCIOS DE LOS ROMANOS A CAMBIO DE SU FELONÍA...
LA MITAD AHORA, EL RESTO MÁS ADELANTE...
ESTOY LA MITAD DE CONVENCIDO.
LA TRAICIÓN YA NO ES LO QUE ERA.
LE QUITAN TODA LA GRACIA A SER DESLEAL.
DESDE ENTONCES, HUMILLADOS POR LAS VICTORIAS DE VIRIATO, LOS ROMANOS, PARA VENGARSE, NOS SOMETEN A UNA TERRIBLE OCUPAÇÃO.
¿YA NO VAMOS A RECIBIR LA SEGUNDA PARTE?
PARECE QUE NO, ES LA PARTE DEL LEÓN.
SI SE EMPIEZA A TRAICIONAR A LOS TRAIDORES...
Y AHORA NO HALLAMOS CONSUELO ENTRE EL ORGULLO DE HABER RESISTIDO Y LA TRISTEZA POR LA TRAICIÓN DE LOS NUESTROS...
¡ESTÁN LOCOS ESTOS NUESTROS!
5B

EL VIAJE PROSIGUE SIN CONTRATIEMPOS...
¡GALERA FENICIA JUSTO ENFRENTE!
¿AHORA PRONUNCIA LAS ERRES?
O TEMPORA, O MORES...
¡AJÁ! ¡SE NOS PRESENTA LA OPORTUNIDAD DE RESARCIRNOS! ¡MUCHACHOS, LA PROVIDENCIA PONE TIRO EN NUESTRO CAMINO!
PUES CREO QUE LA PROVIDENCIA HA ERRADO EL TIRO...
¿ERRE QUE ERRE CON LAS ERRES?
HASTA QUE POR FIN...
¡AMIGOS MÍOS, BEM-VINDOS!

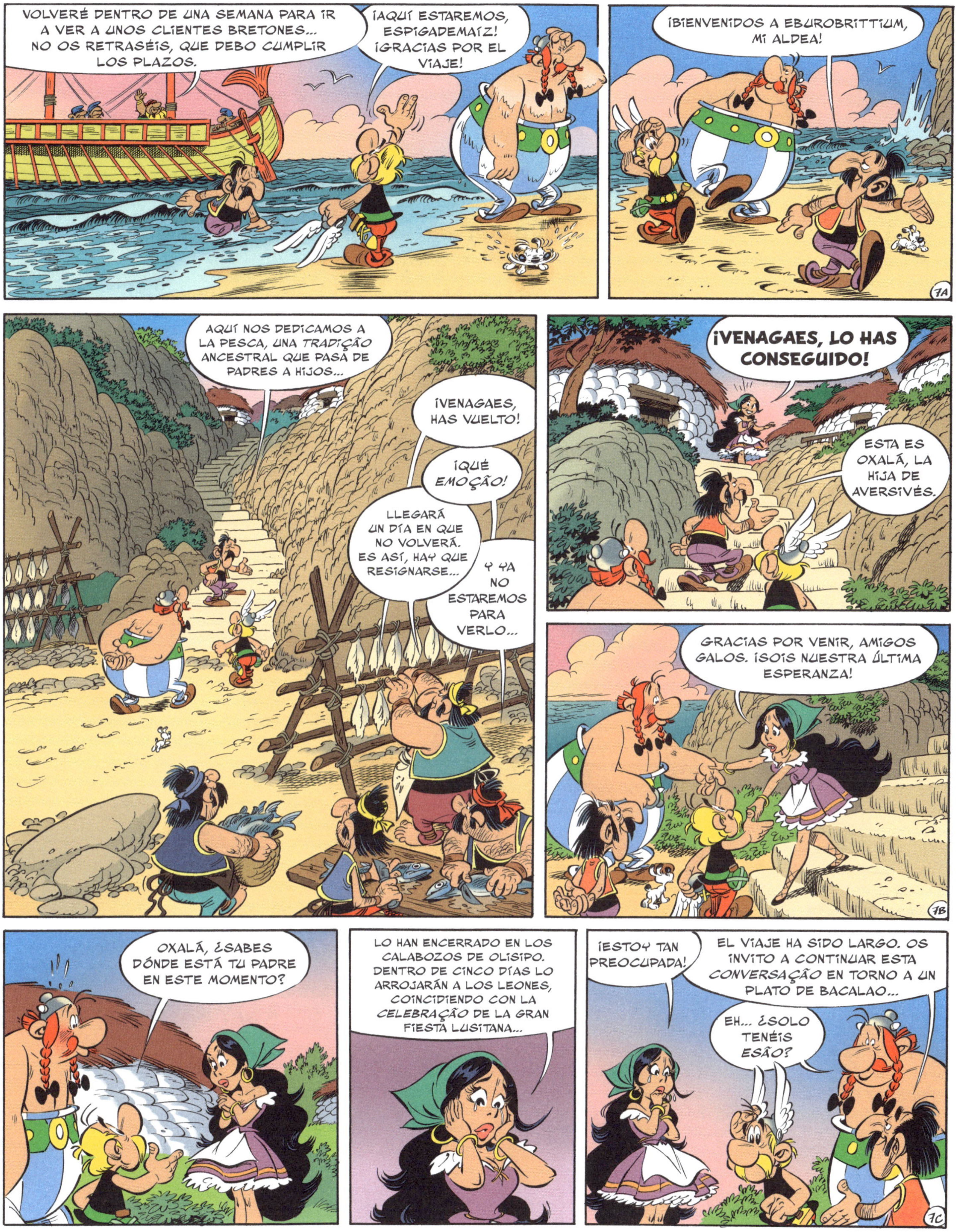
VOLVERÉ DENTRO DE UNA SEMANA PARA IR A VER A UNOS CLIENTES BRETONES... NO OS RETRASÉIS, QUE DEBO CUMPLIR LOS PLAZOS.
¡AQUÍ ESTAREMOS, ESPIGADEMAÍZ! ¡GRACIAS POR EL VIAJE!
¡BIENVENIDOS A EBUROBRITTIUM, MI ALDEA!
AQUÍ NOS DEDICAMOS A LA PESCA, UNA *TRADIÇÃO* ANCESTRAL QUE PASA DE PADRES A HIJOS...
¡VENAGAES, HAS VUELTO!
¡QUÉ *EMOÇÃO*!
LLEGARÁ UN DÍA EN QUE NO VOLVERÁ. ES ASÍ, HAY QUE RESIGNARSE...
Y YA NO ESTAREMOS PARA VERLO...
¡VENAGAES, LO HAS CONSEGUIDO!
ESTA ES OXALÁ, LA HIJA DE AVERSIVÉS.
GRACIAS POR VENIR, AMIGOS GALOS. ¡SOIS NUESTRA ÚLTIMA ESPERANZA!
OXALÁ, ¿SABES DÓNDE ESTÁ TU PADRE EN ESTE MOMENTO?
LO HAN ENCERRADO EN LOS CALABOZOS DE OLISIPO. DENTRO DE CINCO DÍAS LO ARROJARÁN A LOS LEONES, COINCIDIENDO CON LA *CELEBRAÇÃO* DE LA GRAN FIESTA LUSITANA...
¡ESTOY TAN PREOCUPADA!
EL VIAJE HA SIDO LARGO. OS INVITO A CONTINUAR ESTA *CONVERSAÇÃO* EN TORNO A UN PLATO DE BACALAO...
EH... ¿SOLO TENÉIS ESÃO?

LOS CALABOZOS DE OLISIPO TIENEN FAMA DE INEXPUGNABLES. LIBERAR A MI PADRE VA A SER CASI IMPOSIBLE, AUNQUE VENAGAES ME HA HABLADO DE VUESTRA POÇÃO MÁGICA...
NO BASTA CON LIBERARLO. TAMBIÉN HABRÁ QUE DEMOSTRAR SU INOCENCIA O LOS ROMANOS NO PARARÁN DE AMENAZARLO...
DE MANERA QUE DEBEMOS DESCUBRIR CÓMO FUE ENVENENADO ESE GARUM... ¿CÓMO SE ENVÍA DESDE LA ALDEA HASTA ROMA?
MI PADRE LLEVA SUS ÁNFORAS AL PUERTO DE MERCANCÍAS DE OLISIPO UNA VEZ AL MES...
ALLÍ SE GUARDAN EN UN ALMACÉN HASTA QUE PARTEN A ROMA EN BARCO...
MUY BIEN. ¡MAÑANA A PRIMERA HORA SALDREMOS HACIA OLISIPO!
¡MIL GRACIAS, ASTÉRIX! ¡SABÍA QUE PODÍA CONTAR CON VOSOTROS!
¿UN POCO DE GARUM POR ENCIMA DEL BACALAO?
NO, NO, ASÍ ESTÁ BIEN, QUE HAYA SUFICIENTE PARA LOS DEMÁS...
¿Y UNA GOTITA DE VINO CASERO PARA BAJAR TODO ESO?
EH..., ¿TAMBIÉN ES A BASE DE PESCADO?
NO, ES VINO DE PORTUS CALE*, ELABORADO CON UVAS QUE VIENEN DEL VALLE DEL DOURO...
AAAAH, ¿VEIS COMO DONDE HAY GANA HAY MAÑA?
¡GUAU!
* OPORTO.

¡AMALIA, CÁNTANOS ALGO PARA ACOMPAÑAR EL VINO!
¡AY, SÍ! YO SÉ CÓMO SE BAILA AQUÍ. ¡OS LO VOY A ENSEÑAR!
¡LO MÁS IMPORTANTE ES CONTONEARSE!
CHAC
CHAC
CHAC
¡ARSA, ARSA! ¡OLÉÉÉ!
TODO SE HA IDO Y MI CORAZÓN ESTÁ CANSADOOOO. PERDÍ LA DICHA ENTRE EL DOLOR DEL PASADOOOO. Y MI PENA ES TAN HONDAAAA QUE SOLO PUEDO LLORAR...
CLING CLING
TUBLUTUTUUU
PERO SI ESO ES TRISTÍÍÍÍSIMO...
PUES HA ELEGIDO LA CANCIÓN MÁS ALEGRE PARA DAROS LA BIENVENIDA...
9A
TRAS UNA BONITA VELADA BAJO EL CIELO ESTRELLADO DE EBUROBRITTIUM...
¡QUÉ AMABLE ACOGIDA! AHORA, A LA CAMA, QUE MAÑANA NOS ESPERA UN LARGO VIAJE HASTA OLISIPO.
EN CUANTO LLEGUEMOS, NOS DAREMOS UNA VUELTA POR EL PUERTO DE MERCANCÍAS...
¡BRL BRRL!
TENGO HAMBRE.
¡SI HUBIERAS COMIDO MÁS...! ¡ESTABA DELICIOSO!
PERO ¡SI TODO TENÍA BACALAO!
DUERME, OBÉLIX. DORMIR Y ZAMPAR, TODO ES EMPEZAR...
?
PUES SI ES PARA COMER BACALAO, PREFIERO NO PEGAR OJO.
9B

AL DÍA SIGUIENTE, EN CUANTO ASOMAN LOS PRIMEROS RAYOS DE SOL...
ME ENCANTARÍA TRAERLE UN PEQUEÑO RECUERDO A OXALÁ, UNA FIGURITA PARA QUE LA PONGA ENCIMA DE UN MUEBLE...
ME DA LA SENSACIÓN DE QUE OXALÁ TE GUSTA...
¿A MÍ? CLARO QUE NO, SOLO ES POR AGRADECERLE LA VELADA, POR CORTESÍA...
AH, BUENO, SI ES POR CORTESÍA...
TRAIGÁMOSLE A SU PADRE, SERÁ EL MEJOR REGALO QUE PODAMOS HACERLE...
¿A SU PADRE? ¿PARA PONERLO ENCIMA DE UN MUEBLE? ¿ESTÁS SEGURO DE QUE QUEDARÁ BIEN?
10A
¡UNA ESTACIÓN DE FORRAJE! HAGAMOS UN BREVE ALTO...
Essão
AL MENOS LOS CABALLOS SE LIBRAN DEL BACALAO...
¡PUES AHÍ TIENES LA SOLUCIÓN! ¡SOLO DEBES HARTARTE DE HENO!
A ESTE RITMO, NO TARDARÉ...
¡VAYA, UNOS COMPATRIOTAS, QUÉ ALEGRÍA! SOY TUBOCATÓDIX Y ESTA ES MI PARIENTA, NAFTALINA... ¿DE DÓNDE VENÍS?
DE ARMÓRICA...
¡AAAH, ARMÓRICA! ES BONITA, PERO TE TIENE QUE GUSTAR LA LLUVIA. ¿A QUE SÍ, LINA? ¿A QUE NOS GUSTÓ ARMÓRICA?
SÍ, ES MUY VERDE.
JUSTO ANTES NOS MARCAMOS GRECIA, ¡VAYA SECARRAL! ESCULTURAS Y HOJAS DE VID Y PARA DE CONTAR...
Y, ADEMÁS, NO HACEN NINGÚN ESFUERZO POR HABLAR EN GALO...
10B

PARECE QUE VIAJÁIS MUCHO...
BUENO, SÍ, CON EL AUTOCARRO, ¡TONTOS SERÍAMOS SI NOS PRIVÁSEMOS!
SACAMOS TIEMPO Y DISFRUTAMOS.
CUANDO UNO PASA DE LOS SETENTA Y CINCO, ¿ACASO NO MERECE UN DESCANSO?
¡CLARO QUE SÍ! ¡Y PENSAR QUE EN ROMA INTENTAN REVOCAR ESTA CONQUISTA SOCIAL!
¿HASTA CUÁNDO PRETENDEN EN ROMA QUE TRABAJEMOS?
VIVIR PARA VER...
¡¿VOSOTROS CREÉIS QUE CÉSAR VA A TRABAJAR HASTA LOS OCHENTA AÑOS?!
NI IDEA...
¡YA TE LO DIGO YO! ¡BRUTO Y COMPAÑÍA NO SE MATAN EN EL SENADO, POR TUTATIS!
11A
EN FIN, ¿OS QUEDARÉIS UNA TEMPORADITA POR AQUÍ?
EL TIEMPO JUSTO PARA DESCUBRIR ALGUNAS ESPECIALIDADES.
¡HACEN UNOS BOCADITOS CON CREMA, LOS PASTÉIS DE NATA, QUE OS RECOMIENDO! POR SUPUESTO, NADA QUE VER CON LOS NUESTROS, PERO SE DEJAN COMER... ¡HALA, BUEN VIAJE!
¡GRACIAS!
NO HE ENTENDIDO NI JOTA DE ESE ROLLO DEL DESCANSO MERECIDO EN UN SENADO...
¡ES QUE NADIE LO ENTIENDE, OBÉLIX!
PUES SI NADIE LO ENTIENDE...
11B

TAN PRONTO COMO LLEGUEMOS A OLISIPO ¡REMOS AL PUERTO. TAL VEZ ALLÍ ENCONTREMOS ALGUNA PISTA SOBRE LA DETENCIÓN DE AVERSIVÉS...
CUANDO LO LIBEREMOS, LE PREGUNTARÉ POR LOS GUSTOS DE OXALÁ PARA QUE ME ECHE UNA MANO CON MI REGALO...
COMO DICEN POR AQUÍ, NO PONGAMOS EL BACALAO DELANTE DE LOS BUEYES...
MIRA, PARECE QUE POR ALLÍ HAY GENTE. PREGUNTEMOS POR EL CAMINO...
¡OH, UNA CANTERA! ¡COLEGAS DE TRABAJO!
CANTERA
ATENÇÃO DESPRENDIMIENTO DE PIEDRAS
DÉJAME HABLAR A MÍ. LOS DEL RAMO NOS ENTENDEMOS...
¡HOLA, FIGURAS! ¿QUÉ, TALLANDO? OBÉLIX, DE MENHIRES OBÉLIX: SOY UNO DE LOS VUESTROS...
TENÉIS BUENA PIEDRA POR AQUÍ, DE UN GRANO DEL XII, DIRÍA YO, PARA MENHIR DE PLACER O DOLMEN DE JARDÍN, ¿VERDAD?

AH, NO, AQUÍ TALLAMOS LA PIEDRA EN CUBITOS...
TAC
TAC
TAC
TAC
TAC TAC TAC
¿EN CUBITOS? PERO... QUÉ DESPERDICIO... ¿POR QUÉ HACÉIS ESO?
ESTAS PIEDRAS SE DESTINAN A PAVIMENTAR LAS CALLES DE OLISIPO CON LOS MOTIVOS EN BLANCO Y NEGRO DE NUESTRA GRAN *TRADIÇÃO**. ESTA ES UNA CANTERA DE CALIZA, Y LAS PIEDRAS NEGRAS PROCEDEN DE REGIONES VOLCÁNICAS...
UN TRABAJO ADMIRABLE...
TAC TAC TAC TAC TAC TAC TAC TAC
* QUE PERDURA EN NUESTROS DÍAS.
... E INCIERTO. BASTARÍA UN TEMBLOR DE TIERRA PARA QUE QUEDASE HECHO PAPILLA... PERO LOS LUSITANOS NO TEMEMOS AL TRABAJO.
POR CIERTO, NOS DIRIGIMOS A OLISIPO... ¿ESTÁ LEJOS DE AQUÍ?
NO, NO MUCHO, TARDARÉIS UNA HORA MÁS O MENOS, TODO RECTO POR ESTA VÍA...
PERFECTO, NOS VAMOS, OBÉ...
NO ME HE PODIDO RESISTIR. QUÉ DOLOR DE CORAZÓN VER TODAS ESTAS PIEDRAS TAN PEQUEÑAS...
¡GRACIAS POR LAS INDICACIONES Y ÁNIMO!
BAH, CON ÁNIMO O SIN ÉL, EL FINAL SERÁ EL MISMO...
¡BUEN VIAJE! TODO IRÁ FENOMENAL. ¡LA VIDA ES UNA MARAVILLA QUE SE RENUEVA CADA DÍA!
NO LE HAGÁIS CASO, SUFRIÓ UN ACCIDENTE DE TRABAJO... A ALEGRES LE CAYÓ UNA ROCA EN LA CABEZA Y DESDE ENTONCES SOLO DICE TONTERÍAS...

NUESTROS AMIGOS LLEGAN FINALMENTE A OLISIPO, EL MAYOR PUERTO COMERCIAL DEL MUNDO ROMANO, DONDE SE INTERCAMBIAN, ADEMÁS DEL FAMOSO GARUM, TODO TIPO DE MERCANCÍAS, COMO VINO, SAL O CABALLOS...
AAAY, ESTOY SEGURO DE QUE AQUÍ ENCONTRARÉ ALGÚN RECUERDO PARA OXALÁ...
OLISIPO
SIGAMOS A PIE, SERÁ MÁS PRÁCTICO...
¡OOOH, TAMBIÉN TIENEN MONTONES DE ROMANOS! ¡POR FIN ALGO DIFERENTE AL BACALAO!
CADA COSA A SU TIEMPO, OBÉLIX. TENEMOS OTRAS PRIORIDADES...
?!
¿QUÉ HAY MÁS PRIORITARIO QUE ATIZAR A LOS ROMANOS?
DISCULPA, PERO CON TODOS ESTOS CALLEJONES ESTAMOS UN POCO PERDIDOS.
¿Y QUIÉN NO? DE CUALQUIER MODO, AL FINAL TODOS VAMOS EN LA MISMA DIREÇÃO...
ENTRE TANTO, ¿PODRÍAS INDICARNOS EL CAMINO MÁS CORTO PARA IR AL PUERTO DE MERCANCÍAS?
ES FÁCIL: TODO RECTO Y LUEGO A LA DERECHA, DESPUÉS DE LA TIENDA DE CERÁMICA Y BACALAO...

ENTONCES, ENTRAMOS EN LOS CALABOZOS, REPARTIMOS BOFETADAS A DIESTRO Y SINIESTRO Y LE LLEVAMOS A AVERSIVÉS A OXALÁ, ¿CORRECTO?
APRECIO LA SUTILEZA DE TU PLAN, OBÉLIX, PERO ANTES DE LIBERARLO DEBEMOS DEMOSTRAR QUE ES INOCENTE...
OH, CLARO, EL SEÑOR CREE QUE ES DEMASIADO SUTIL...
A VER, NOS DIJO A LA DERECHA DESPUÉS DE LA TIENDA DE...
CERÁMICA Y BACALAO
CERÁMICA Y BACALAO
CERÁMICA BACALAO
Cerámica y bacalao
CERÁMICA Y BACALAO
TRAS HABER DADO UNAS CUANTAS VUELTAS...
¡UF! ¡HEMOS LLEGADO!
BUENOS DÍAS, ¿TRABAJAS AQUÍ?
AJÁ, MIENTRAS EL CUERPO ME LO PERMITA ANTES DE LA INEXORABLE Y LENTA DEGRADAÇÃO...
SOMOS AMIGOS DE AVERSIVÉS...
¡AH, EL BUENO DE AVERSIVÉS! ¿QUÉ PUEDO HACER POR VOSOTROS, GALOS?
VERÁS, AL PARECER HA HABIDO UN PROBLEMA CON LAS ÁNFORAS... ¿NOS ENSEÑARÍAS DÓNDE SE ALMACENAN?
¿UN PROBLEMA? ¡OH! ACOMPAÑADME...

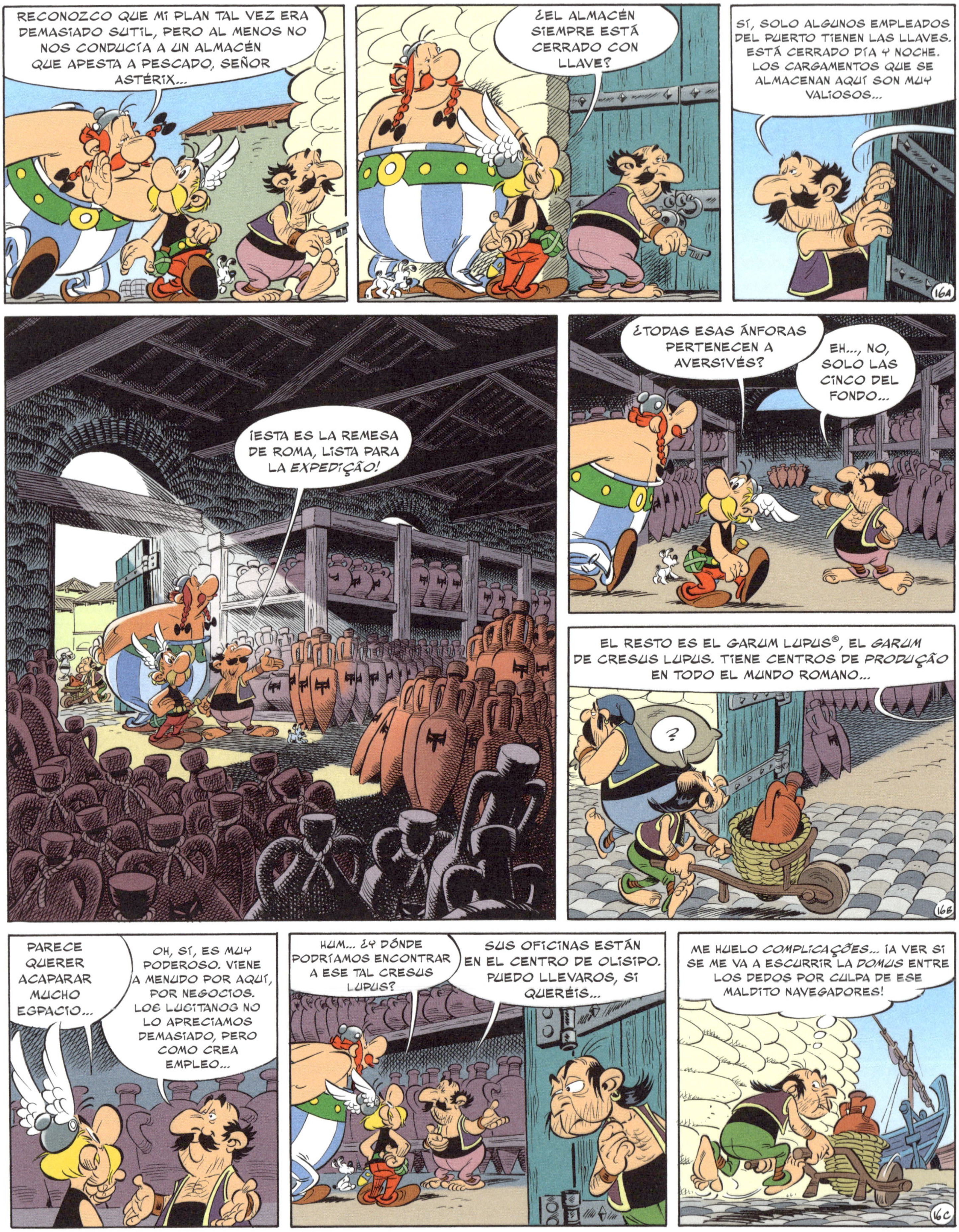

RECONOZCO QUE MI PLAN TAL VEZ ERA DEMASIADO SUTIL, PERO AL MENOS NO NOS CONDUCÍA A UN ALMACÉN QUE APESTA A PESCADO, SEÑOR ASTÉRIX...
¿EL ALMACÉN SIEMPRE ESTÁ CERRADO CON LLAVE?
SÍ, SOLO ALGUNOS EMPLEADOS DEL PUERTO TIENEN LAS LLAVES. ESTÁ CERRADO DÍA Y NOCHE. LOS CARGAMENTOS QUE SE ALMACENAN AQUÍ SON MUY VALIOSOS...
16A
¡ESTA ES LA REMESA DE ROMA, LISTA PARA LA *EXPEDIÇÃO*!
¿TODAS ESAS ÁNFORAS PERTENECEN A AVERSIVÉS?
EH..., NO, SOLO LAS CINCO DEL FONDO...
EL RESTO ES EL GARUM LUPUS®, EL *GARUM* DE CRESUS LUPUS. TIENE CENTROS DE *PRODUÇÃO* EN TODO EL MUNDO ROMANO...
?
16B
PARECE QUERER ACAPARAR MUCHO ESPACIO...
OH, SÍ, ES MUY PODEROSO. VIENE A MENUDO POR AQUÍ, POR NEGOCIOS. LOS LUSITANOS NO LO APRECIAMOS DEMASIADO, PERO COMO CREA EMPLEO...
HUM... ¿Y DÓNDE PODRÍAMOS ENCONTRAR A ESE TAL CRESUS LUPUS?
SUS OFICINAS ESTÁN EN EL CENTRO DE OLISIPO. PUEDO LLEVAROS, SI QUERÉIS...
ME HUELO *COMPLICAÇÕES*... ¡A VER SI SE ME VA A ESCURRIR LA *DOMUS* ENTRE LOS DEDOS POR CULPA DE ESE MALDITO NAVEGADORES!
16C

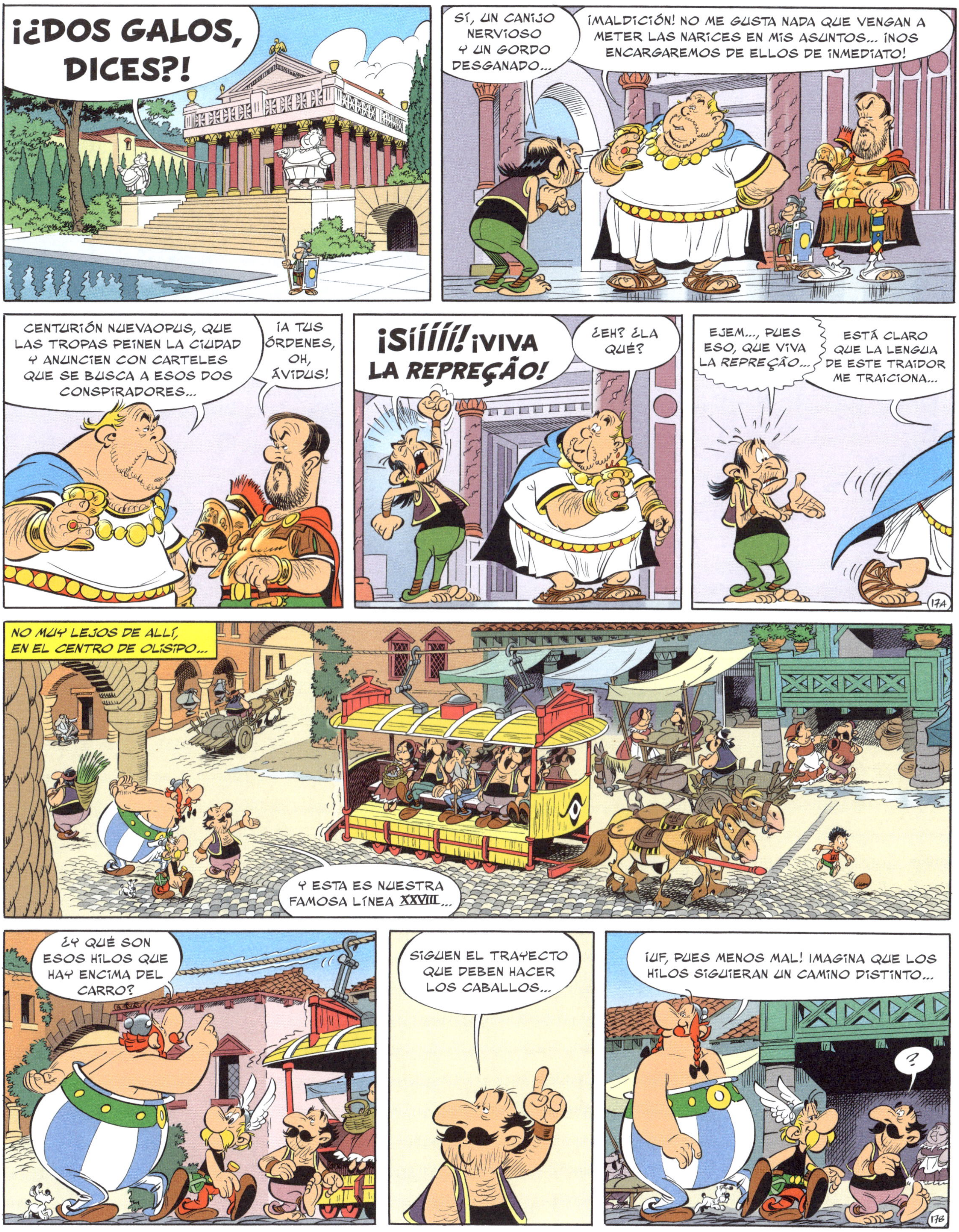
¡¿DOS GALOS, DICES?!
SÍ, UN CANIJO NERVIOSO Y UN GORDO DESGANADO...
¡MALDICIÓN! NO ME GUSTA NADA QUE VENGAN A METER LAS NARICES EN MIS ASUNTOS... ¡NOS ENCARGAREMOS DE ELLOS DE INMEDIATO!
CENTURIÓN NUEVAOPUS, QUE LAS TROPAS PEINEN LA CIUDAD Y ANUNCIEN CON CARTELES QUE SE BUSCA A ESOS DOS CONSPIRADORES...
¡A TUS ÓRDENES, OH, ÁVIDUS!
¡SÍÍÍÍÍ! ¡VIVA LA REPREÇÃO!
¿EH? ¿LA QUÉ?
EJEM..., PUES ESO, QUE VIVA LA REPREÇÃO...
ESTÁ CLARO QUE LA LENGUA DE ESTE TRAIDOR ME TRAICIONA...
NO MUY LEJOS DE ALLÍ, EN EL CENTRO DE OLISIPO...
Y ESTA ES NUESTRA FAMOSA LÍNEA XXVIII...
¿Y QUÉ SON ESOS HILOS QUE HAY ENCIMA DEL CARRO?
SIGUEN EL TRAYECTO QUE DEBEN HACER LOS CABALLOS...
¡UF, PUES MENOS MAL! IMAGINA QUE LOS HILOS SIGUIERAN UN CAMINO DISTINTO...
?

¡Y ESTA ES LA SUCURSAL LUSITANA DE GARUM LUPUS®!
¡ES COLOSAL, POR BELENOS!
GARVM
LVPVS
SIN EMBARGO, ACABARÁ POR DESMORONARSE, COMO TODOS NOSOTROS... BUENO, OS DEJO, QUE TENGO ÁNFORAS DE GARUM LUPUS® QUE DESCARGAR.
¡GRACIAS POR GUIARNOS, NAVEGADORES!
GARVM LVPVS
GARVM LVPVS
PORQVE YO LO
RECEPÇÃO
BUENOS DÍA
QUERRÍAMOS
¿NOMBRE Y CONTRASEÑA?
¿PERDÓN?
ENTRÁIS EN UN SITIO DE EXTREMA SEGURIDAD. NECESITO VUESTRO NOMBRE Y VUESTRA CONTRASEÑA.
AH, PUES NO
TENGO
EN ESE CASO, DEBEMOS ABRIRTE UNA CUENTA. ELIGE UN NOMBRE.
EH... ¿ASTÉRIX?
ACEPTADO. DIME UNA CONTRASEÑA.
TITIP TIP TITIP TIP TIP TIP TIP TIP
EH... ¿POCIÓN?
CONTRASEÑA INCORRECTA. DEBE INCLUIR UN NÚMERO.
POCIÓN XXIII
CONTRASEÑA INCORRECTA. TAMBIÉN DEBE INCLUIR UN SÍMBOLO.

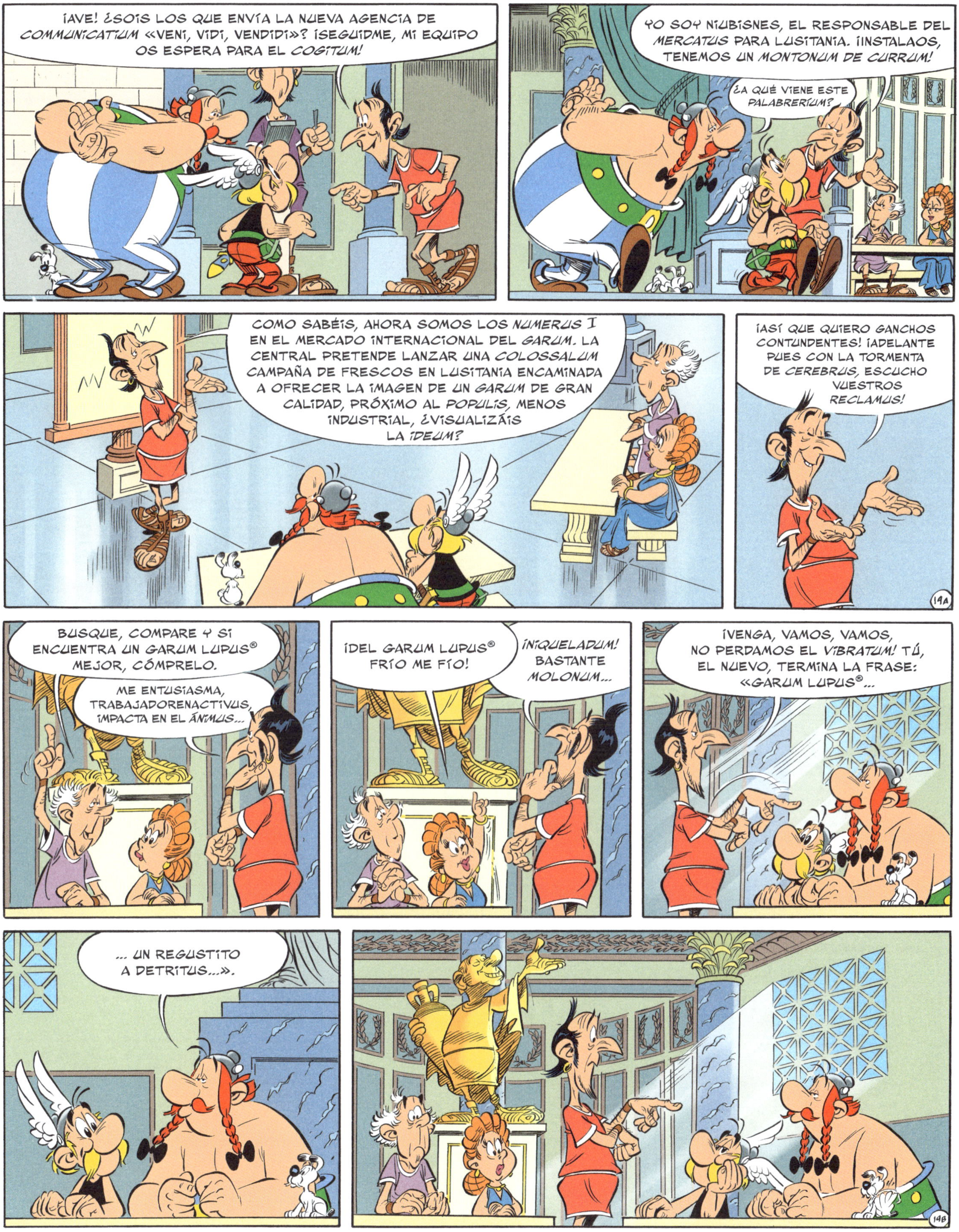
¡AVE! ¿SOIS LOS QUE ENVÍA LA NUEVA AGENCIA DE COMMUNICATIUM «VENI, VIDI, VENDIDI»? ¡SEGUIDME, MI EQUIPO OS ESPERA PARA EL COGITUM!
YO SOY NIUBISNES, EL RESPONSABLE DEL MERCATUS PARA LUSITANIA. ¡INSTALAOS, TENEMOS UN MONTONUM DE CURRUM!
¿A QUÉ VIENE ESTE PALABRERIUM?
COMO SABÉIS, AHORA SOMOS LOS NUMERUS I EN EL MERCADO INTERNACIONAL DEL GARUM. LA CENTRAL PRETENDE LANZAR UNA COLOSSALUM CAMPAÑA DE FRESCOS EN LUSITANIA ENCAMINADA A OFRECER LA IMAGEN DE UN GARUM DE GRAN CALIDAD, PRÓXIMO AL POPULIS, MENOS INDUSTRIAL, ¿VISUALIZÁIS LA IDEUM?
¡ASÍ QUE QUIERO GANCHOS CONTUNDENTES! ¡ADELANTE PUES CON LA TORMENTA DE CEREBRUS, ESCUCHO VUESTROS RECLAMUS!
19A
BUSQUE, COMPARE Y SI ENCUENTRA UN GARUM LUPUS® MEJOR, CÓMPRELO.
ME ENTUSIASMA, TRABAJADORENACTIVUS, IMPACTA EN EL ÁNIMUS...
¡DEL GARUM LUPUS® FRÍO ME FÍO!
¡NIQUELADUM! BASTANTE MOLONUM...
¡VENGA, VAMOS, VAMOS, NO PERDAMOS EL VIBRATUM! TÚ, EL NUEVO, TERMINA LA FRASE: «GARUM LUPUS®...
... UN REGUSTITO A DETRITUS...».
14B

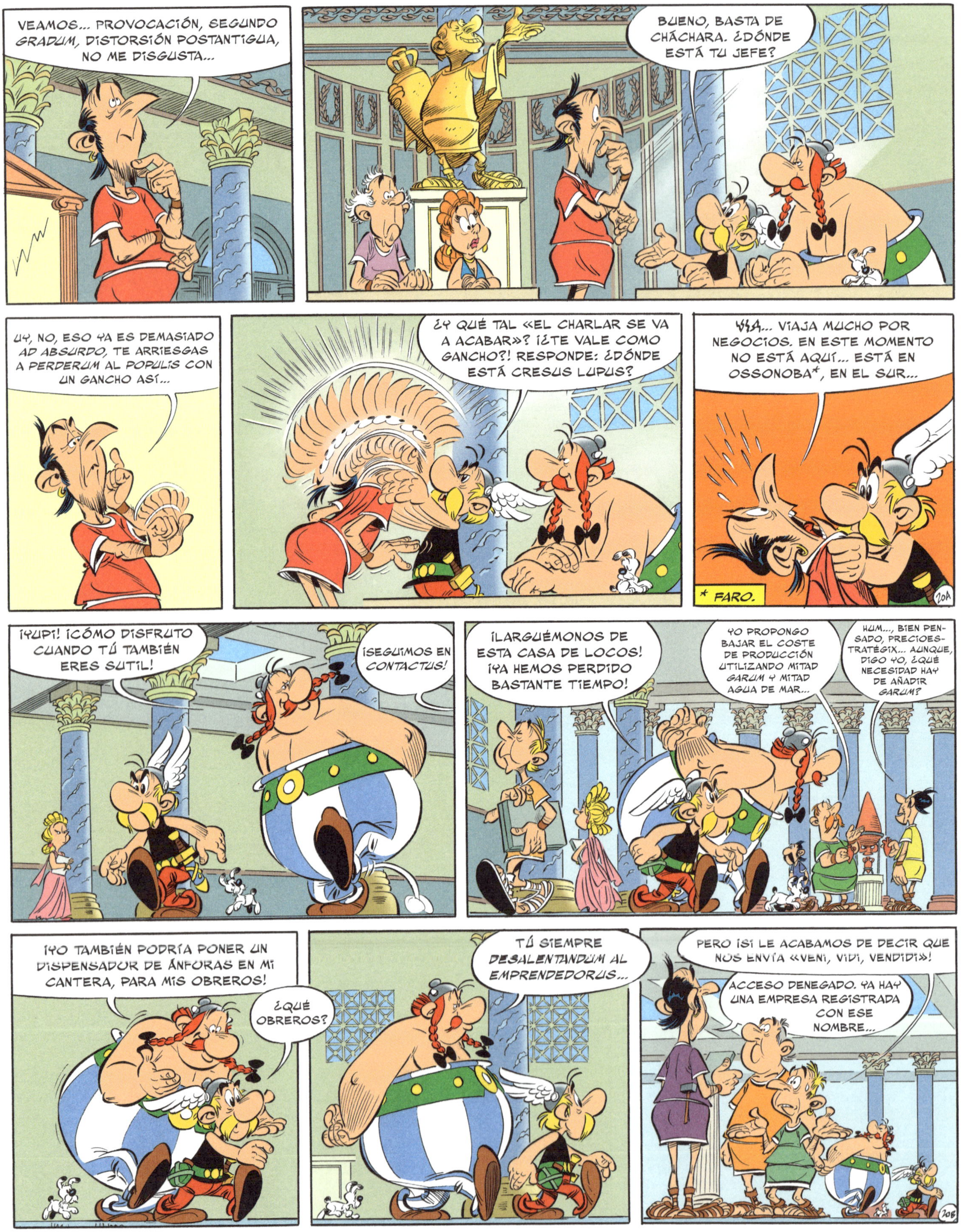
VEAMOS... PROVOCACIÓN, SEGUNDO GRADUM, DISTORSIÓN POSTANTIGUA, NO ME DISGUSTA...
BUENO, BASTA DE CHÁCHARA. ¿DÓNDE ESTÁ TU JEFE?
UY, NO, ESO YA ES DEMASIADO AD ABSURDO, TE ARRIESGAS A PERDERUM AL POPULIS CON UN GANCHO ASÍ...
¿Y QUÉ TAL «EL CHARLAR SE VA A ACABAR»? ¡¿TE VALE COMO GANCHO?! RESPONDE: ¿DÓNDE ESTÁ CRESUS LUPUS?
... VIAJA MUCHO POR NEGOCIOS. EN ESTE MOMENTO NO ESTÁ AQUÍ... ESTÁ EN OSSONOBA*, EN EL SUR...
* FARO.
¡YUPI! ¡CÓMO DISFRUTO CUANDO TÚ TAMBIÉN ERES SUTIL!
¡SEGUIMOS EN CONTACTUS!
¡LARGUÉMONOS DE ESTA CASA DE LOCOS! ¡YA HEMOS PERDIDO BASTANTE TIEMPO!
YO PROPONGO BAJAR EL COSTE DE PRODUCCIÓN UTILIZANDO MITAD GARUM Y MITAD AGUA DE MAR...
HUM..., BIEN PENSADO, PRECIOESTRATÉGIX... AUNQUE, DIGO YO, ¿QUÉ NECESIDAD HAY DE AÑADIR GARUM?
¡YO TAMBIÉN PODRÍA PONER UN DISPENSADOR DE ÁNFORAS EN MI CANTERA, PARA MIS OBREROS!
¿QUÉ OBREROS?
TÚ SIEMPRE DESALENTANDUM AL EMPRENDEDORUS...
PERO ¡SI LE ACABAMOS DE DECIR QUE NOS ENVÍA «VENI, VIDI, VENDIDI»!
ACCESO DENEGADO. YA HAY UNA EMPRESA REGISTRADA CON ESE NOMBRE...

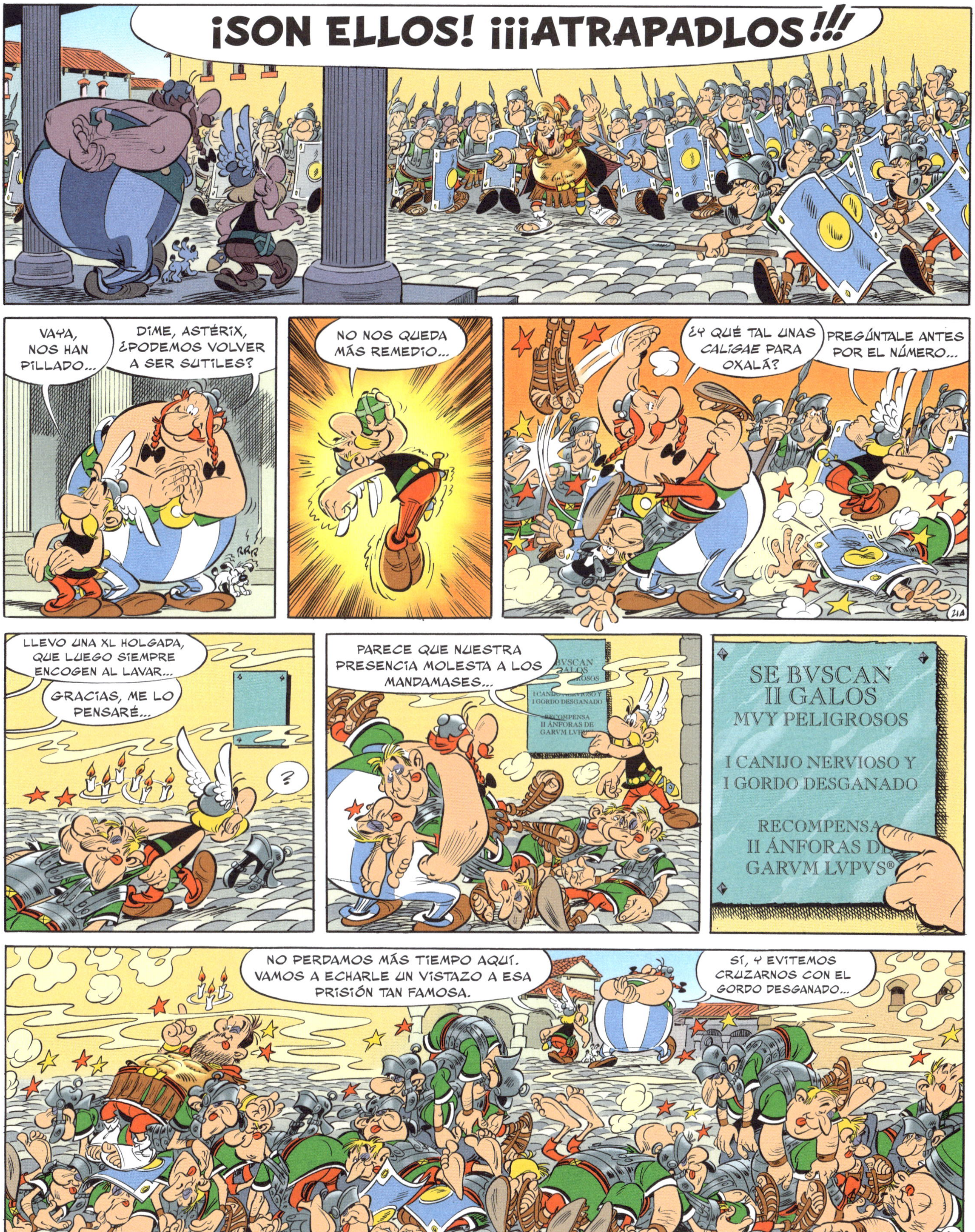
¡SON ELLOS! ¡¡¡ATRAPADLOS!!!
VAYA, NOS HAN PILLADO...
DIME, ASTÉRIX, ¿PODEMOS VOLVER A SER SUTILES?
NO NOS QUEDA MÁS REMEDIO...
¿Y QUÉ TAL UNAS CALIGAE PARA OXALÁ?
PREGÚNTALE ANTES POR EL NÚMERO...
LLEVO UNA XL HOLGADA, QUE LUEGO SIEMPRE ENCOGEN AL LAVAR...
GRACIAS, ME LO PENSARÉ...
?
PARECE QUE NUESTRA PRESENCIA MOLESTA A LOS MANDAMASES...
SE BVSCAN
II GALOS
MVY PELIGROSOS
I CANIJO NERVIOSO Y
I GORDO DESGANADO
RECOMPENSA
II ÁNFORAS D
GARVM LVPVS®
NO PERDAMOS MÁS TIEMPO AQUÍ. VAMOS A ECHARLE UN VISTAZO A ESA PRISIÓN TAN FAMOSA.
SÍ, Y EVITEMOS CRUZARNOS CON EL GORDO DESGANADO...

LOS TIEMPOS CAMBIAN, OH, CÉSAR... LA PRODUCCIÓN ARTESANAL HA DEMOSTRADO SUS LIMITACIONES Y TÚ HAS ESTADO A PUNTO DE PAGAR EL PATO...
22A
HAY QUE RENDIRSE A LA EVIDENCIA: ¡ARRANCA LA ERA DE LOS GRANDES INTERCAMBIOS MASIVOS!
HUM..., TENGO MIS DUDAS DE QUE SEA PARA MEJOR, CRESUS LUPUS...
¡DESENGÁÑATE! AQUÍ PRODUCIMOS MUCHO MÁS BARATO PERO IGUAL DE BIEN QUE EN NEÁPOLIS*. VEN A MIS TIERRAS DE OLISIPO Y DEGUSTARÁS LO MEJOR DE MI PRODUCCIÓN, UN *GARUM PRAEMIUM* FERMENTADO EN ÁNFORA...
* NÁPOLES.
HE VENIDO A LUSITANIA PARA IMPONER DE UNA VEZ POR TODAS LA *PAX ROMANA*, NO PARA DEGUSTAR *GARUM*...
¡ES UNA BUENA OPORTUNIDAD, Y NO ESTÁ LEJOS! POR CIERTO, ¿SABES QUE MI PRIMO ÁVIDUS ESTÁ PENSANDO EN CAMBIAR EL NOMBRE DE LA CIUDAD POR EL DE «FELICITAS JULIUS» EN TU HONOR?
¡Y ADEMÁS PODRÁS ASISTIR AL CASTIGO DE ESE BÁRBARO QUE TRATÓ DE ENVENENARTE!
HUM... *ALEA JACTA EST*. APROVECHARÉ PARA LLEVARLE UN MOSAICO A CLEOPATRA. ASÍ DESCANSARÁ DE LOS JEROGLÍFICOS CON GATOS...
22B

¡HEMOS LLEGADO! NO CABE DUDA DE QUE LA PRISIÓN ESTÁ BIEN CUSTODIADA. TENDREMOS QUE RECURRIR AL INGENIO PARA ENTRAR SIN PONER EN PELIGRO A AVERSIVÉS...
PUEDE QUE AHÍ ENCUENTRE ALGÚN REGALO PARA OXALÁ: UNA CADENITA, UNOS ARITOS...
ACABA DE SALIR UN LUSITANO... ¡INTERROGUÉMOSLO!
¡HOLA, AMIGO! ¿SABRÍAS DECIRNOS CÓMO ENTRAR EN LA PRISIÓN?
CURIOSA QUESTÃO... ¡LO NORMAL ES QUE UNO SUSPIRE POR SALIR!
EL ACCESO ESTÁ RESTRINGIDO AL PERSONAL... YO ME LLAMO MATEUSROSÉS Y SOY UNO DE LOS COCINEROS DE LA CÁRCEL...
¡UN COCINERO! ¡Y PARECE HOSPITALARIO! ¡RÁPIDO, HUYAMOS!
¡SEGURO QUE NOS OFRECE BACALAO!
23A
¿SABES SI UN TAL AVERSIVÉS ESTÁ ENCERRADO AHÍ?
POR DESGRACIA, SÍ, COMO TANTOS DE NUESTROS COMPATRIOTAS...
LAS CELDAS ESTÁN HASTA ARRIBA DE PRISIONEROS POLÍTICOS... DESDE LA DERROTA DE VIRIATO, NOS ABRUMA EL DESASOSIEGO.
¡EH! ¡¿¿AQUELLOS DOS NO SON NUESTROS SOSPECHOSOS??!
HABLANDO DE DESASOSIEGO, CREO QUE OS PISAN LOS TALONES...
¡LARGAOS, YO ME ENCARGO DE ENTRETENERLOS!
¡GRACIAS, MATEUSROSÉS! VAMOS, OBÉLIX, YA HE VISTO SUFICIENTE...
¡UF! ¡SALVADOS POR LA PATRULLA!
23B

¡A POR ELLOS!
ESPERANDO LA INTEMERATA DE TIEMPOOOOO POR ESTE CAMINO DE SUFRIMIENTOOOOO QUE INUNDA DE LÁGRIMAS MI LAMENTOOOOO...
¡MENUDO ARRECHUCHO ME HA DADO DE REPENTE!
EN EL FONDO, ¿QUÉ SENTIDO TIENE TODO ESTO?
NOS PASAMOS LA VIDA CORRIENDO, PERO ¿DETRÁS DE QUÉ?
¿QUÉ ME OCURRE? ME MUERO DE GANAS DE PEDIR EL TRASLADO A AQUAE AURELIAE*...
?!!
* BADEN-BADEN.
¡¡¡VENGA, UN POCO DE APLOMO, QUE SE NOS ESCAPAN!!!
¿NO ES LA VIDA LA QUE SE NOS ESCAPA?
PERO ¿POR QUÉ NO NOS LIAMOS A TORTAS CON ESOS ROMANOS?
¡MÁS TARDE, OBÉLIX! ¡ALGO ME DICE QUE NOS VOLVEREMOS A CRUZAR CON ELLOS!
TENÍAN PINTA DE ESTAR DE RECHUPETE... ¿DE QUÉ VALE VISITAR UN PAÍS SI NO SE CATAN LAS ESPECIALIDADES LOCALES?
¡MIRA POR DÓNDE, HABLANDO DE ESPECIALIDADES LOCALES!...
¿TE IMPORTA SI TE ACOMPAÑAMOS UN TRECHO DEL CAMINO?
APROVECHAD MIENTRAS HAYA CAMINO...
¡AHÍ ESTÁN!
¡NO PERMITAMOS QUE HUYAN!

¡ESPERA! ¡YO TAMBIÉN LOS VOY A ENTRETENER!
¡OBÉLIX, NO JUEGUES CON LA COMIDA!
¡AAAH! ¡ME HAN DADO!
¡PAF!
¡POR JÚPITER! **¡PASTELES DE NATA!** ¡UTILIZAN ARTILLERÍA PESADA Y PRINGOSA!
FIIIIIU
¡SOIS LA CREMA DE LA LEGIÓN, DECÍAN!
¡SÍ, LA FLOR Y NATA DE LAS TROPAS!
¡AAARJ!
¡PAF!
¡PAF!
¡MENUDA LECHE FRITA!
FIIIIIIU
FIIIIIIU
FIIIIIIU
FIIIIIIU
FIIIIIIU
FIIIIIIU
FIIIIIIU
¡NO SE ANDAN CON MELINDRES! ¡HEMOS SUFRIDO DEMASIADAS PÉRDIDAS, NOS REPLEGAMOS!
¡HALA, ASÍ YA TIENEN ALGO APARTE DE BACALAO!
¡EN CUALQUIER CASO, HAN HUIDO!
¡GUAU!
AQUÍ NOS QUEDAMOS. ¡GRACIAS POR EL PASEO! ¿QUÉ TE DEBEMOS POR LOS PASTELES?
¡INVITA LA CASA! ¡Y CON GUSTO, PUES HAN SERVIDO PARA UNA FELIZ *OCASIÃO*!
¡VAYA, VAYA, PERO SI SON NUESTRAS DOS CELEBRIDADES LOCALES! ¡VEO QUE HABÉIS SEGUIDO MIS CONSEJOS CULINARIOS!
¡UY, VOSOTROS POR AQUÍ!
¡SÍ, HEMOS PLANTADO NUESTRO AUTOCARRO EN OLISIPO UNOS DÍAS!
POR CIERTO, SI EL CANIJO NERVIOSO Y EL GORDO DESGANADO QUIEREN COMIDA GALA, QUE VENGAN A DISFRUTAR DE NUESTRA AMADA GASTRONOMÍA...
¿NOSOTROS TAMBIÉN PODEMOS IR?
25A
25B

EL BACALAO AZUL
ÁREA DE AUTOCARROS
V
¡ESTÁIS BIEN INSTALADOS!
¡YA TE DIGO! ¡ES EL MODELO DE LUJO!
¡Y MUY RESISTENTE, DE MARCA GÓTICA!
QUÉ BIEN SIENTA SALIR DE LA CIUDAD PARA GOZAR DE UN POCO DE PAZ...
¿Y ESTO QUÉ ES?
¡AH, ESO! ¡SON LOS VESTIGIOS DEL ANTIGUO TRABAJO DE MI LINA!
¿SE DEDICABA A LA TORTURA?
¡A LA PELUQUERÍA! TENÍA UN SALÓN EN LUTECIA: «CON TRENZA Y SIN VERGÜENZA».
¡AH, SÍ, OS ASEGURO QUE MI LINA PEINABA A UN MONTÓN DE GENTE CONOCIDA!
¡Y CON PEINADOS DE VERDAD! NO COMO AQUÍ, QUE TODO EL MUNDO VA IGUAL, CON EL PELO ACEITADO Y HACIA ATRÁS...
26A
¡¿CÓMO?! ¡¿QUÉ ACABAS DE DECIR?!
¡DEMONIOS, SI ES QUE AHORA YA NO SE PUEDE ABRIR LA BOCA!
¡POR TUTATIS, ME HAS DADO UNA IDEA! TUBOCATÓDIX, ¿PODRÍAS CONSEGUIRNOS ROPA LUSITANA?
POR SUPUESTO, EN OLISIPO...
Y TÚ, NAFTALINA, ¿NOS HARÍAS UN ARREGLITO EN EL PELO A OBÉLIX Y A MÍ?
¡ENCANTADA!
¡¡¿QUÉ?!!
¡¡¡NO, NO Y NO!!! ¡¡¡ME NIEGO!!! ¡¡¡MIS TRENZAS NO SE TOCAN!!!
¡OBÉLIX, SI ES POR OXALÁ, PARA DEVOLVERLE A SU PADRE!
VENGA, EMPEZARÉ CONTIGO. ¡SIÉNTATE, NO VAMOS A CORTAR NADA, SOLO TE DESTRENZARÉ!
PARECE QUE ÚLTIMAMENTE HACE FRESQUITO, ¿NO?
¿TÚ CREES?
26B

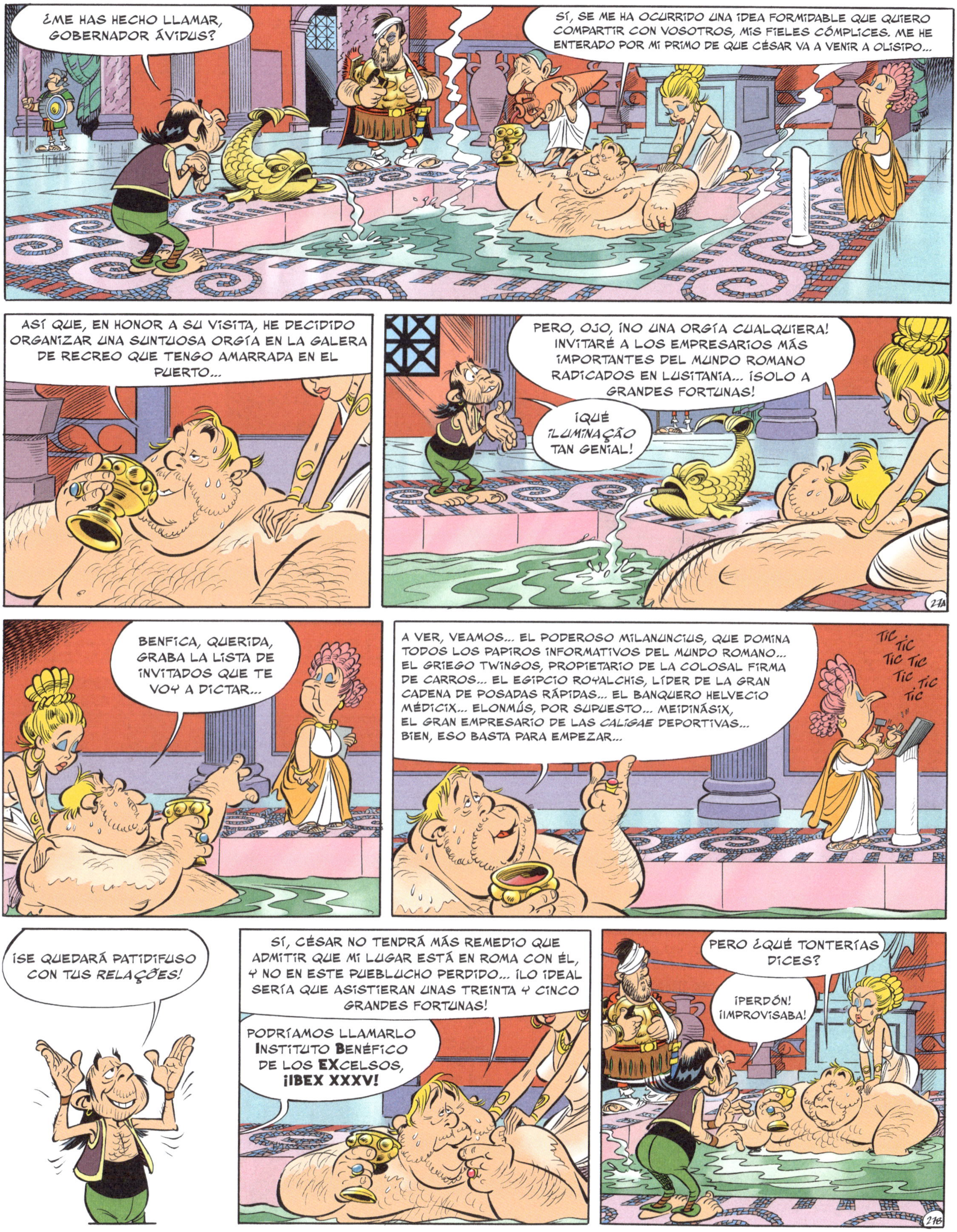
¿ME HAS HECHO LLAMAR, GOBERNADOR ÁVIDUS?
SÍ, SE ME HA OCURRIDO UNA IDEA FORMIDABLE QUE QUIERO COMPARTIR CON VOSOTROS, MIS FIELES CÓMPLICES. ME HE ENTERADO POR MI PRIMO DE QUE CÉSAR VA A VENIR A OLISIPO...
ASÍ QUE, EN HONOR A SU VISITA, HE DECIDIDO ORGANIZAR UNA SUNTUOSA ORGÍA EN LA GALERA DE RECREO QUE TENGO AMARRADA EN EL PUERTO...
PERO, OJO, ¡NO UNA ORGÍA CUALQUIERA! INVITARÉ A LOS EMPRESARIOS MÁS IMPORTANTES DEL MUNDO ROMANO RADICADOS EN LUSITANIA... ¡SOLO A GRANDES FORTUNAS!
¡QUÉ ILUMINAÇÃO TAN GENIAL!
BENFICA, QUERIDA, GRABA LA LISTA DE INVITADOS QUE TE VOY A DICTAR...
A VER, VEAMOS... EL PODEROSO MILANUNCIUS, QUE DOMINA TODOS LOS PAPIROS INFORMATIVOS DEL MUNDO ROMANO... EL GRIEGO TWINGOS, PROPIETARIO DE LA COLOSAL FIRMA DE CARROS... EL EGIPCIO ROYALCHIS, LÍDER DE LA GRAN CADENA DE POSADAS RÁPIDAS... EL BANQUERO HELVECIO MÉDICIX... ELONMÚS, POR SUPUESTO... MEIDINÁSIX, EL GRAN EMPRESARIO DE LAS *CALIGAE* DEPORTIVAS... BIEN, ESO BASTA PARA EMPEZAR...
TIC TIC TIC TIC TIC TIC TIC
¡SE QUEDARÁ PATIDIFUSO CON TUS *RELAÇÕES*!
SÍ, CÉSAR NO TENDRÁ MÁS REMEDIO QUE ADMITIR QUE MI LUGAR ESTÁ EN ROMA CON ÉL, Y NO EN ESTE PUEBLUCHO PERDIDO... ¡LO IDEAL SERÍA QUE ASISTIERAN UNAS TREINTA Y CINCO GRANDES FORTUNAS!
PODRÍAMOS LLAMARLO **I**NSTITUTO **B**ENÉFICO DE LOS **EX**CELSOS, **¡IBEX XXXV!**
PERO ¿QUÉ TONTERÍAS DICES?
¡PERDÓN! ¡IMPROVISABA!

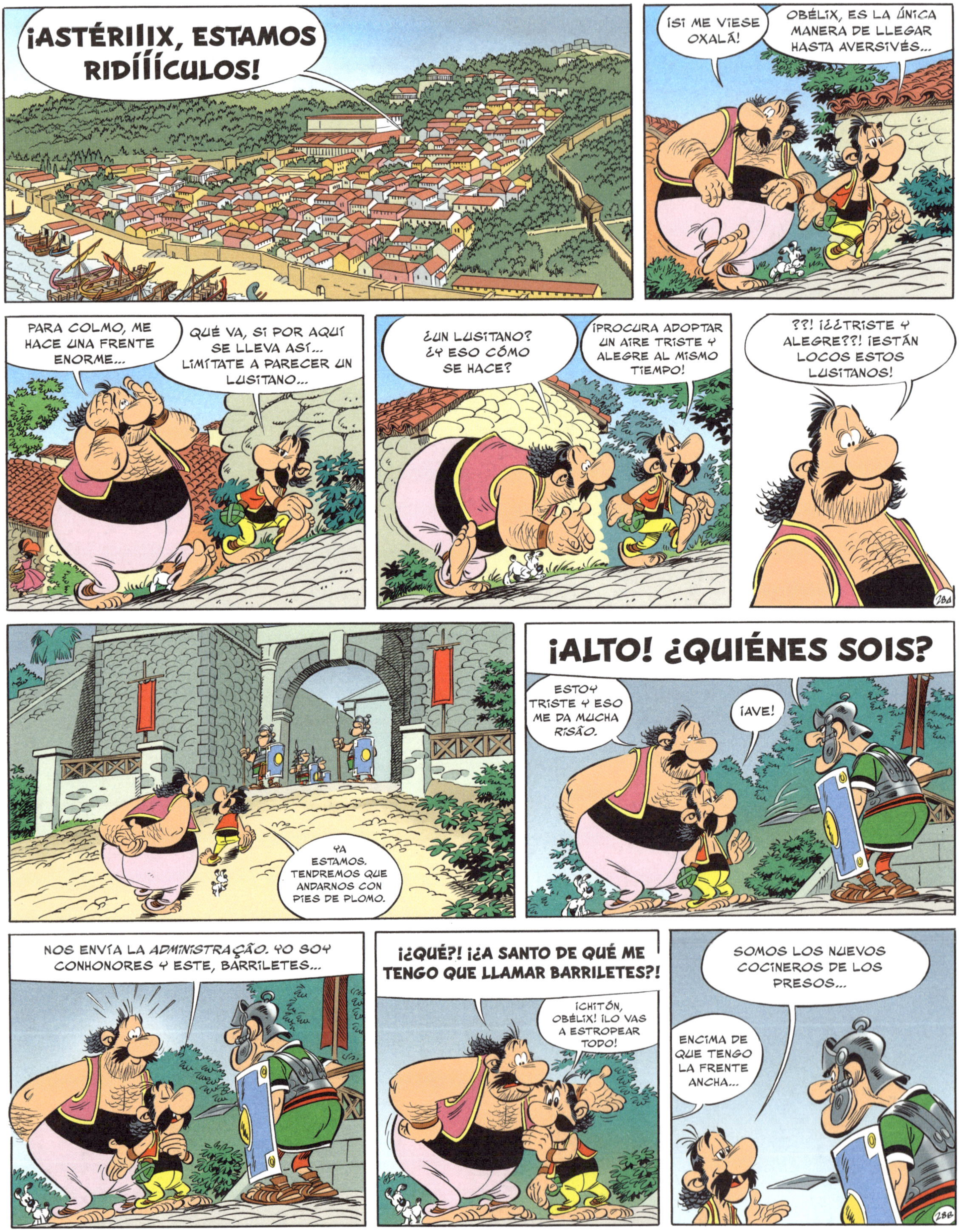
¡ASTÉRIIIX, ESTAMOS RIDÍÍÍÍCULOS!
¡SI ME VIESE OXALÁ!
OBÉLIX, ES LA ÚNICA MANERA DE LLEGAR HASTA AVERSIVÉS...
PARA COLMO, ME HACE UNA FRENTE ENORME...
QUÉ VA, SI POR AQUÍ SE LLEVA ASÍ... LIMÍTATE A PARECER UN LUSITANO...
¿UN LUSITANO? ¿Y ESO CÓMO SE HACE?
¡PROCURA ADOPTAR UN AIRE TRISTE Y ALEGRE AL MISMO TIEMPO!
??! ¡¿¿TRISTE Y ALEGRE??! ¡ESTÁN LOCOS ESTOS LUSITANOS!
YA ESTAMOS. TENDREMOS QUE ANDARNOS CON PIES DE PLOMO.
¡ALTO! ¿QUIÉNES SOIS?
ESTOY TRISTE Y ESO ME DA MUCHA RISÃO.
¡AVE!
NOS ENVÍA LA ADMINISTRAÇÃO. YO SOY CONHONORES Y ESTE, BARRILETES...
¡¿QUÉ?! ¡¿A SANTO DE QUÉ ME TENGO QUE LLAMAR BARRILETES?!
¡CHITÓN, OBÉLIX! ¡LO VAS A ESTROPEAR TODO!
SOMOS LOS NUEVOS COCINEROS DE LOS PRESOS...
ENCIMA DE QUE TENGO LA FRENTE ANCHA...

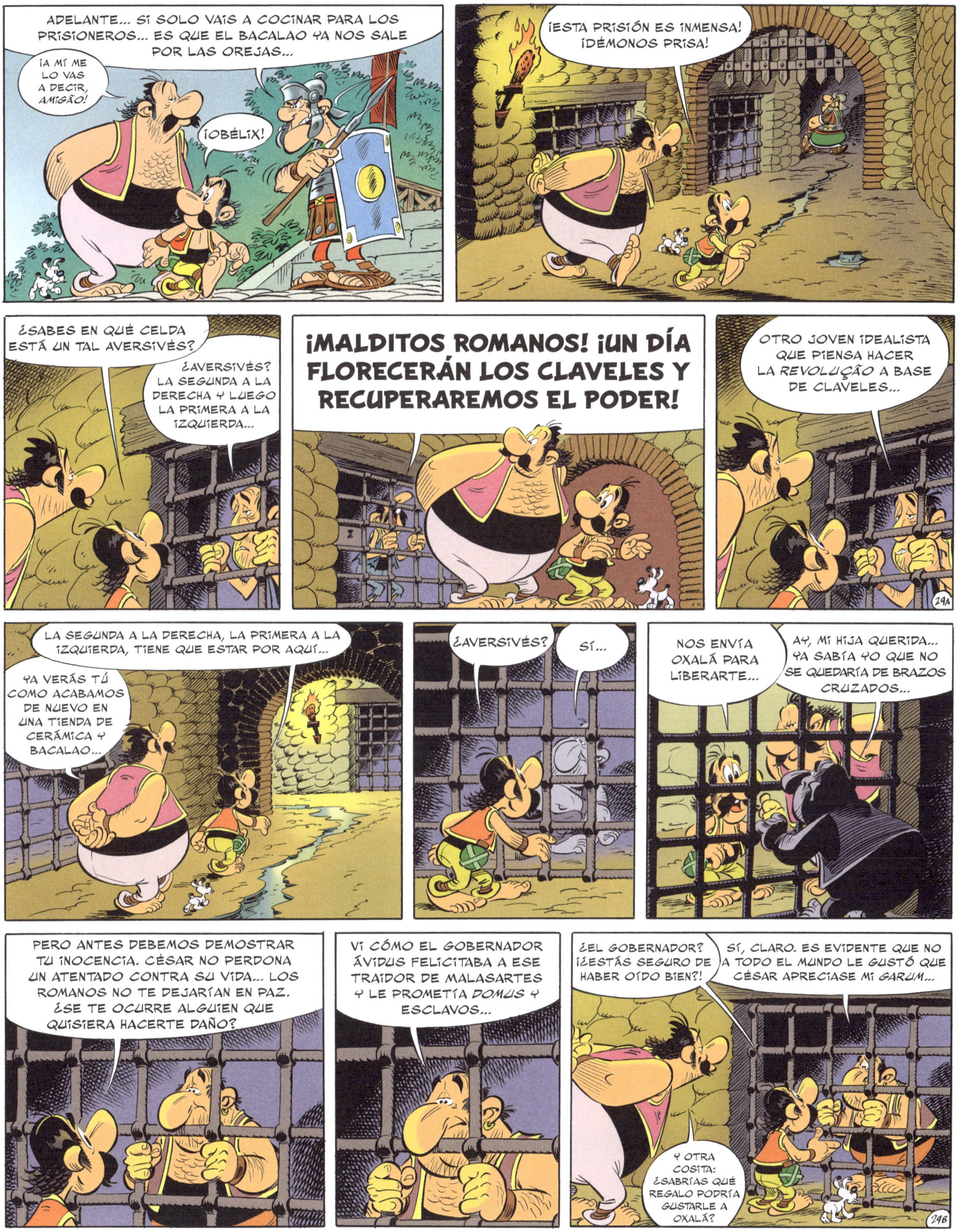
ADELANTE... SI SOLO VAIS A COCINAR PARA LOS PRISIONEROS... ES QUE EL BACALAO YA NOS SALE POR LAS OREJAS...
¡A MÍ ME LO VAS A DECIR, AMIGÃO!
¡OBÉLIX!
¡ESTA PRISIÓN ES INMENSA! ¡DÉMONOS PRISA!
¿SABES EN QUÉ CELDA ESTÁ UN TAL AVERSIVÉS?
¿AVERSIVÉS? LA SEGUNDA A LA DERECHA Y LUEGO LA PRIMERA A LA IZQUIERDA...
¡MALDITOS ROMANOS! ¡UN DÍA FLORECERÁN LOS CLAVELES Y RECUPERAREMOS EL PODER!
OTRO JOVEN IDEALISTA QUE PIENSA HACER LA *REVOLUÇÃO* A BASE DE CLAVELES...
LA SEGUNDA A LA DERECHA, LA PRIMERA A LA IZQUIERDA, TIENE QUE ESTAR POR AQUÍ...
YA VERÁS TÚ COMO ACABAMOS DE NUEVO EN UNA TIENDA DE CERÁMICA Y BACALAO...
¿AVERSIVÉS?
SÍ...
NOS ENVÍA OXALÁ PARA LIBERARTE...
AY, MI HIJA QUERIDA... YA SABÍA YO QUE NO SE QUEDARÍA DE BRAZOS CRUZADOS...
PERO ANTES DEBEMOS DEMOSTRAR TU INOCENCIA. CÉSAR NO PERDONA UN ATENTADO CONTRA SU VIDA... LOS ROMANOS NO TE DEJARÍAN EN PAZ. ¿SE TE OCURRE ALGUIEN QUE QUISIERA HACERTE DAÑO?
VI CÓMO EL GOBERNADOR ÁVIDUS FELICITABA A ESE TRAIDOR DE MALASARTES Y LE PROMETÍA *DOMUS* Y ESCLAVOS...
¿EL GOBERNADOR? ¡¿ESTÁS SEGURO DE HABER OÍDO BIEN?!
SÍ, CLARO. ES EVIDENTE QUE NO A TODO EL MUNDO LE GUSTÓ QUE CÉSAR APRECIASE MI *GARUM*...
Y OTRA COSITA: ¿SABRÍAS QUÉ REGALO PODRÍA GUSTARLE A OXALÁ?

ACLARAREMOS ESTE LÍO Y REGRESAREMOS A...
¡EH, VOSOTROS! ¿A QUÉ VIENE TANTA CHÁCHARA CON LOS PRISIONEROS?
SOMOS LOS NUEVOS COCINEROS...
YO ESTOY TAN CONTENTO QUE TENGO LA MORAL POR EL SUELÃO.
ESTAMOS DANDO UNA VUELTA POR LAS CELDAS PARA REALIZAR UNA PRIMERA EVALUAÇÃO DE LA SITUAÇÃO.
¿QUÉ PASA? ¿QUÉ MIRÃO? ¡SÍ, TENGO LA FRENTE MUY ANCHA! ¡TÚ TAMBIÉN LA TENDRÍAS CON ESTE PEINADÃO!
NO LE PRESTES ATENÇÃO. ES SU PRIMER DÍA Y ESTÁ UN POCO TENSO...
HUM... ¿CÓMO PUEDO ESTAR SEGURO DE QUE SOIS AUTÉNTICOS COCINEROS LUSITANOS?
EN EL ALMA LLEVO UNA PENAAAA, EN PIE YA NO ME TENGOOOO. EL CORAZÓN LLORAR ME ORDENAAAA SI BACALAO NO TENGOOO.
¡BUAAAAAA!
PERO... ¿QUÉ ME PASA? AHORA MISMO SOLO DESEO CRUZAR LA REGIÓN ARVERNA CON UNA BURRA VIEJA Y ARTRÍTICA...
¡VALE, VALE, ESFUMAOS!
¡OBÉLIX, A VECES ME DEJAS BOQUIABIERTO!
ME PREGUNTO QUÉ HARÍAS SIN MÍ...
¡BUENA SUERTE, AMIGOS!

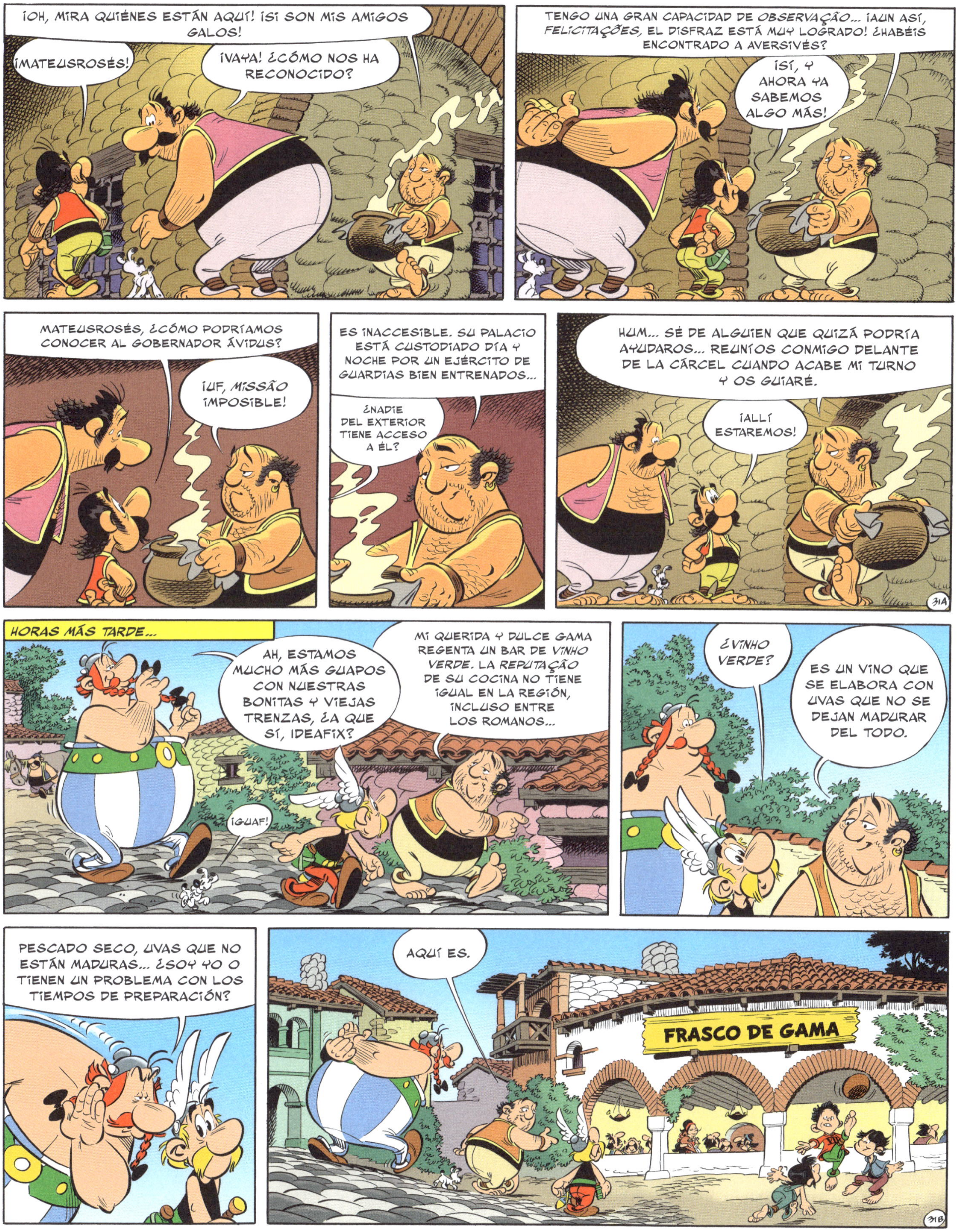
¡OH, MIRA QUIÉNES ESTÁN AQUÍ! ¡SI SON MIS AMIGOS GALOS!
¡MATEUSROSÉS!
¡VAYA! ¿CÓMO NOS HA RECONOCIDO?
TENGO UNA GRAN CAPACIDAD DE *OBSERVAÇÃO*... ¡AUN ASÍ, *FELICITAÇÕES*, EL DISFRAZ ESTÁ MUY LOGRADO! ¿HABÉIS ENCONTRADO A AVERSIVÉS?
¡SÍ, Y AHORA YA SABEMOS ALGO MÁS!
MATEUSROSÉS, ¿CÓMO PODRÍAMOS CONOCER AL GOBERNADOR ÁVIDUS?
¡UF, *MISSÃO* IMPOSIBLE!
ES INACCESIBLE. SU PALACIO ESTÁ CUSTODIADO DÍA Y NOCHE POR UN EJÉRCITO DE GUARDIAS BIEN ENTRENADOS...
¿NADIE DEL EXTERIOR TIENE ACCESO A ÉL?
HUM... SÉ DE ALGUIEN QUE QUIZÁ PODRÍA AYUDAROS... REUNÍOS CONMIGO DELANTE DE LA CÁRCEL CUANDO ACABE MI TURNO Y OS GUIARÉ.
¡ALLÍ ESTAREMOS!
31A
HORAS MÁS TARDE...
AH, ESTAMOS MUCHO MÁS GUAPOS CON NUESTRAS BONITAS Y VIEJAS TRENZAS, ¿A QUE SÍ, IDEAFIX?
¡GUAF!
MI QUERIDA Y DULCE GAMA REGENTA UN BAR DE *VINHO VERDE*. LA *REPUTAÇÃO* DE SU COCINA NO TIENE IGUAL EN LA REGIÓN, INCLUSO ENTRE LOS ROMANOS...
¿*VINHO VERDE*?
ES UN VINO QUE SE ELABORA CON UVAS QUE NO SE DEJAN MADURAR DEL TODO.
PESCADO SECO, UVAS QUE NO ESTÁN MADURAS... ¿SOY YO O TIENEN UN PROBLEMA CON LOS TIEMPOS DE PREPARACIÓN?
AQUÍ ES.
FRASCO DE GAMA
31B

¡YA ME DIRÁS QUÉ TE PARECE! ES AUTÉNTICO VINO CASERO. ¡NADA QUE VER CON ESE VINAZO IMPORTADO DE ROMA!
FRASCO DE GAMA OFRECE INTERESANTES DESCUBRIMIENTOS...
PUES SÍ QUE ESTÁ RICO, SÍ...
¿ASÍ QUE TÚ VAS MUY A MENUDO AL PALACIO DEL GOBERNADOR?
SÍ, LOS ROMANOS NOS DESPRECIAN, PERO SE PIRRAN POR NUESTRA GASTRONOMÍA. EL GOBERNADOR SUELE RECLAMAR MI PRESENCIA Y LA DE MI PERSONAL PARA QUE NOS OCUPEMOS DE LOS BUFÉS DE SUS ORGÍAS...
POR CIERTO, MAÑANA ORGANIZA UNA EN SU GALERA DE RECREO...
AH... ¿Y QUÉ TIPO DE ORGÍA ES?
RECIBIRÁ A LAS MAYORES FORTUNAS EMPRESARIALES DEL MUNDO ROMANO PARA HACER LOS HONORES A LA VISITA DE CÉSAR...
¡¡¿CÉSAR ASISTIRÁ?!!
CRÉEME, LO ÚLTIMO QUE ME APETECE ES ALIMENTAR A ESOS GORDOS ABOTARGADOS. SI TUVIERA ELECCIÓN... PERO ¡SE TRATA DE MI MISSÃO!
LO SÉ, GAMA, PERO NO QUIERO TENER QUE LLEVARTE LAS ZANAHORIAS A LA CÁRCEL...
YO TOMARÍA OTRO VERDE DE ESOS...
AQUÍ TIENES. A TI, POR LO MENOS, DA GUSTO ATENDERTE, OBELIXINHO...
SOLO HABRÍA QUE SERVIRLES VINHO A LOS AMIGOS, NO A LOS ENEMIGOS...
¡CLARO! ¡ESA ES LA SOLUCIÓN!
A MÍ TAMBIÉN ME LO PARECE...
OBÉLIX, TENGO ALGO UN POCO DELICADO QUE ANUNCIARTE...
TENDREMOS QUE VOLVER A DISFRAZARNOS DE LUSITANOS...
¿EH? ¿CÓMO?
QUE TENDREMOS QUE VOLVER A DISFRAZARNOS DE LUSITANOS...

¡DE TANTO CAMBIÁRMELO, SE ME VA A ESTROPEAR EL PELO!
¿HAS ENTENDIDO LO QUE TIENES QUE HACER, TUBOCATÓDIX?
ES UN JUEGO DE NIÑOS.
LO PRIMERO ES ENCONTRAR A ESE TRAIDOR DE MALASARTES. PREGUNTÉMOSLE A UNO DE ESOS OBREROS...
¿MALASARTES? ESTÁ ALLÍ, DETRÁS DEL ALMACÉN...
TODO DEPENDE DE TI. ¡TENDRÁS QUE PARECER CREÍBLE O NUESTRO PLAN SE IRÁ AL GARETE!
¡CONFÍA EN MÍ!
AY DE MÍ, ¿NO HABRÁ POR AQUÍ NINGÚN AUTÓÓÓÓÓÓCTONO QUE ME PUEDA AYUDAR?...
¿!
¿QUÉ TAL MÁS SOBRIO?
AH, SÍ, DE ACUERDO. EL SEÑOR ES MÁS DE ABURRIDAS TRAGEDIAS GALAS DE AUTOR, ME CONOZCO EL PERCAL...
DÍGAME, AMIGO, ¿ESTE PUERTO ESTÁ BIEN VIGILADO?
EH..., SÍ, ¿POR QUÉ?

ME LLAMO CAPITALÍSTIX Y ESTA ES MI ESPOSA, TENGOPISCINA. SOY EL MAYOR FABRICANTE DE TOGAS DE LUJO DE LUTECIA... ESTOY AQUÍ PARA CONOCER EL PAÍS E INVERTIR.
ME QUEDARÉ UNOS CUANTOS DÍAS POR ESTOS LARES Y ME GUSTARÍA AMARRAR MI GALERA..., PERO TEMO A LOS LADRONZUELOS QUE RONDAN DE NOCHE POR LAS INMEDIACIONES DE LOS PUERTOS...
¡SÍ, NOS INVADEN, CADA VEZ MÁS!
¡CÓMO NO, CON LA DEJADEZ DE NUESTROS SENADORES CON RESPECTO A LA SEGURIDAD!
¡NO TE SALGAS DEL PAPEL!
¡ABREN LAS FRONTERAS Y EL RESULTADO ES QUE NOS TOPAMOS CON NÚMIDAS QUE SE INFILTRAN POR TODAS PARTES!
UN IMPORTANTE FABRICANTE LUTECIANO... VAYA, VAYA, QUÉ INTERESANTE.
¡NO PODRÍAS ESTAR EN MEJOR LUGAR! ESTE PUERTO ES EL MÁS SEGURO DE TODA LA COSTA LUSITANA. ESTÁ CUSTODIADO POR LOS LEGIONARIOS DEL GOBERNADOR ÁVIDUS, QUE ME HONRO EN LLAMAR AMIGO...
¡AH, EXCELENTE NOTICIA!
34A
PRECISAMENTE ESTA NOCHE ORGANIZA UNA ORGÍA. PERMÍTEME QUE TE INVITE A MODO DE BIENVENIDA A NUESTRO HERMOSO PAÍS...
QUÉ DETALLE TAN ENCANTADOR... POR LO QUE SE VE, LA HOSPITALIDAD LUSITANA NO ES UN MITO...
¿Y ESOS QUIÉNES SON?
¡OH, ESOS! SON MIS ESCOLTAS. SIEMPRE LOS RECLUTO EN LOS PAÍSES QUE VISITO. VIAJO LIGERO, Y EL GRUESO ME LO AGENCIO EN EL LUGAR...
¡GRUESO LO SERÁS TÚ!
¡CIERRA EL PICO, OBÉLIX!
QUEDAMOS AL ATARDECER EN LA GALERA DAVOS, AMARRADA AL FINAL DEL PUERTO. ¡AL GOBERNADOR LE ENCANTARÁ RECIBIRTE!
¡ALLÍ ESTAREMOS! ¡GRACIAS, AMIGO!
ME HUELE A FIESTA CON BACALAO...
¡JE, JE, HE PESCADO UNA BUENA PIEZA! SI DESPUÉS DE ESTO NO CONSIGO MI DOMUS...
34B

ES UN GRAN PRIVILEGIO PARA MÍ RECIBIRTE EN MI MODESTA GALERA, OH, CÉSAR...
EN TU HONOR HE INVITADO A LOS MÁS DESTACADOS HOMBRES DE NEGOCIOS RADICADOS EN LUSITANIA...
Y MAÑANA, COMO HABÍA PROMETIDO, ¡IREMOS A VISITAR MI CENTRO DE PRODUCCIÓN DE OLISIPO PARA QUE PRUEBES MI *GARUM PRAEMIUM*...
DESPUÉS ASISTIREMOS AL CIRCO. Y ESTA VEZ LES TOCARÁ A LOS LEONES PROBAR... ¡A UN PRODUCTOR DE *GARUM*!
COMO SE SUELE DECIR: ¡DEL PRODUCTOR AL CONSUMIDOR! **¡JA! ¡JA! ¡JA!**
¡JA! ¡JA! ¡JA!
VOY A COMPROBAR QUE TODO ESTÁ BIEN... TE ACONSEJO LOS MUSLOS DE GARZA RELLENOS DE RIÑONES DE CASTOR. ¡UN PLATO SENCILLO PERO DELICIOSO!
VANITAS VANITATUM ET OMNIA VANITAS...

NO OLVIDES QUE SOMOS LUSITANOS, OBÉLIX...
BUFFF... ¿CREES QUE NO HE ENTENDIDO NADA DEL PLAN?
¡AH, YA HEMOS LLEGADO!
¡VAYA, PARECE QUE EL GOBERNADOR NO SE ABURRE!
MIRA TÚ ADÓNDE VAN A PARAR NUESTROS IMPUESTOS...
BUENAS NOCHES. ESTA ES UNA FIESTA PRIVADA. ¿ESTÁIS EN LA LISTA DE INVITADOS?
¡CLARO QUE ESTAMOS! CAPITALÍSTIX Y SU ESPOSA, TENGOPISCINA... Y ELLOS SON NUESTROS ESCOLTAS...
ME MUERO DE RISÃO DESDE EL FONDO DE MI TRISTEZA...
BIEN, VEAMOS... CAFECANTANTES, CAFEGRATIS, CAJERADELERÓSKIX, CAJONESDESASTRES, CALVÍCIX, CAMANIDUS... AH, AQUÍ ESTÁ, CAPITALÍSTIX, YA LO TENGO. PUEDES SUBIR A BORDO...
SIN EMBARGO, SINTIÉNDOLO MUCHO, LOS PERROS NO ESTÁN AUTORIZADOS...
¡¿CÓMÃO?!
PERO ¡SÍ VIENE CON NOSOTROS! ES UN PERRO GUARDIÁN, MI IDEA
... LES! SE LLAMA IDEALES...
EH..., ¡SÍ! ¡ESO ES! ¡IDEALES, ENSÉÑALE DE LO QUE ES CAPAZÃO UN FEROZ PERRO GUARDIÁN!
IDEALES, TE ESTOY HABLANDO...
ES QUE ES UN PERRO GUARDIÁN CON MUCHA SANGRE FRÍA...

¡POR JÚPITER, PARA DE MOLESTAR A NUESTROS AMIGOS! ¡CLARO QUE EL PERRO ES BIENVENIDO! MÁXIMUS ÁVIDUS, PARA SERVIROS, ENCANTADO DE CONOCEROS.
TÚ DEBES DE SER EL CÉLEBRE CAPITALÍSTIX. HE OÍDO HABLAR MUCHO DE TI. ME ENCANTA LO QUE HACES. ES TAN... ¡LUTECIANO!
¿Y QUÉ TAL? ¿VA BIEN EL NEGOCIO?
¡YA LO CREO! LAS MÁS DESTACADAS CELEBRIDADES SE PELEAN POR NUESTROS PRODUCTOS. ¡CICERÓN CONFÍA PLENAMENTE EN NUESTRAS TOGAS!
¡AH, NADA QUE VER CON LAS EXISTENCIAS DE LA TIENDA DE BAZARIS, EL EGIPCIO DE ENFRENTE!
¡MAGNÍFICO! OS DEJO PARA QUE ALTERNÉIS CON MIS INVITADOS... ¡GENTE FETÉN PARA EL REY DE LA TOGA! ¡JA! ¡JA! ¡JA!
ENHORABUENA POR LA PESCA, MALASARTES, NO ME HAS ENGAÑADO CON LA MERCANCÍA. ¡ESE GALO ES ALGUIEN IMPORTANTE!
ES MI REGALITO, OH, GOBERNADOR ÁVIDUS...
PODRÍA ENCARGARLE QUE ME CONFECCIONE UNA TOGA PARA MI REGRESO TRIUNFAL A ROMA...
¡AAAH, EL LUJO GALO! ¡DESPERTARÁS LA *ADMIRAÇÃO* DE TODO EL MUNDO!
AHORA, INTENTAD MEZCLAROS CON LOS INVITADOS. COMED Y BEBED COMO SI NADA, QUE OBÉLIX Y YO NOS OCUPAMOS DEL RESTO...
COMER Y BEBER, ME ENCANTA EL PLAN...
¿YO TAMBIÉN PUEDO COMER COMO SI NADA?
NOSOTROS NO SOMOS INVITADOS, OBÉLIX, SOMOS DEL CUERPO DE SEGURIDAD...
¡PUES CON MÁS RAZÓN! ¡QUÉ MEJOR QUE COMER PARA MANTENER ESTE CUERPO!

¡GAMA!
¡OH, GENIAL, UN CAMUFLAJE MARAVILLOSO! ¡CON UNOS CUANTOS AÑOS DE OPREÇÃO CALCARÍAIS LA MIRADA MELANCÓLICA!
ESCUCHA, TENGO QUE PEDIRTE UN PEQUEÑO FAVOR...
TÚ DIRÁS...
ESTARÍA BIEN QUE LE SIRVIERAS TODO EL RATO MUCHO VINHO VERDE A NUESTRO AMIGO MALASARTES...
DARLE MI VINHO VERDE A ESE LUSITANO-ROMANO ES COMO ECHARLES MARGARITAS A LOS JABALÍES... PERO CONFÍO EN TI, ASTERIXINHO, CUENTA CONMIGO...
YO FABRICO MIS PRODUCTOS CON LOS CIMERIOS. SON DUROS Y TRABAJAN XVIII HORAS AL DÍA...
¡LOS CIMERIOS SON UNOS PEREZOSOS! CADA OBRERO FRIGIO HACE TRES TURNOS DE VIII HORAS.
¡BAH, ESO NO ES NADA! ¡LOS ELAMITAS NO PARAN DE DARSE LATIGAZOS MIENTRAS TRABAJAN PORQUE EL ENCARGADO DE AZOTARLOS LES PARECE DEMASIADO BLANDO!
¡SÍ, Y ENCIMA ACABAS CON UN CARRO QUE TE DEJA TIRADO DESPUÉS DE CINCUENTA MIL LEGUAS Y TE QUEDAS COMPUESTO Y SIN RUEDA!
DE ESO SE TRATA, QUERIDO AMIGO. CUANTO MENOS SÓLIDO SEA UN PRODUCTO, MÁS A MENUDO HAY QUE CAMBIARLO...
TWINGOS TIENE RAZÓN.
AGÁRRAME, LINA, O LES HAGO TRAGAR LAS PEZUÑAS DE URO CON ALMENDRAS...
CALMA, TUBOCATODÍN, RECUERDA LO QUE DIJO ASTÉRIX: DEBEMOS SER DISCRETOS...

ESTA ORGÍA ES UN VERDADERO ÉXITO, OH, PRIMO...
NO HE REPARADO EN GASTOS. ¡LO QUE HAGA FALTA PARA SEDUCIR A CÉSAR!
YO DIRÍA MÁS: ¡PARA CONQUISTARLO!
¡JA! ¡JA! ¡JA!
POR CIERTO, VAYAMOS A LAMERLE UN POCO LAS CALIGAE. NO NOS CUESTA NADA Y PUEDE AYUDAR...
DE TAL PALO, TAL ASTILLA. COMPRUEBO QUE EMPLEAMOS LOS MISMOS MÉTODOS...
¡HIP!
¡JA! ¡JA! ¡JA! CONQUISTARLO..., ¡EXCELENTE!
¿POR QUÉ ME RÍO, SI NO LO ENTIENDO?
GLU GLU GLU GLU
34A
¿SABES? ESTABA PENSANDO QUE, COMO RECUERDO DE OLISIPO, A OXALÁ PODRÍA LLEVARLE UNA DE ESTAS ESPECIALIDADES...
EL PROBLEMA ES QUE ANTES TENDRÍA QUE PROBARLAS. IMAGINA SI LE REGALO ALGO QUE NO ESTÁ RICO O, PEOR AÚN, ¡ENVENENADO!
EN EFECTO, ESO SERÍA UN GRAN PROBLEMA...
TU CAPACIDAD DE SACRIFICIO TE PERDERÁ, MI BUEN OBELIX... DE ACUERDO, PRUEBA, PERO CON DISCRECIÓN. NO NOS HAGAMOS NOTAR...
MIENTRAS TANTO, VOY A VER A NUESTRO AMIGO MALASARTES. PARECE QUE ESTÁ EN SU PUNTO...
TÓMATE TU TIEMPO. TENGO UN MONTÓN DE REGALOS QUE EXAMINAR...
34B

VENGA, TOMA OTRO TRAGUITO, QUE MALA HIERBA..., ¡YA SABES!
¿EH? AH, GRACIAS...
MALASARTES, ¿PUEDO CONFIARTE UN SECRETO?
¿HIP?
SOY CONHONORES, ¡Y TODO ESTO ES GRACIAS A MÍ!
GRACIAS A TI... ¿QUÉ QUIERES DECIR?
FUI YO QUIEN ENVENENÓ EL GARUM DE CÉSAR, PERO NO DIGAS NADA...
¡¿CÓMO?!
¡ASÍ QUE FUISTE TÚ! ¡OH, CLARO QUE NO, NO FUISTE TÚ!
SÍ, SÍ, SOY UNO DE LOS MÁS FIELES SERVIDORES DE ÁVIDUS. ¡ME VA A RECOMPENSAR CON UNA GRAN FORTUNA!
¡¿DE QUÉ ESTÁS HABLANDO?! LA DOMUS Y LOS ESCLAVOS ¡SON PARA MÍ!
¡AH, NO, NO, NO! ¡SON MÍOS!
¡NO, NO Y NO! ¡FUI YO QUIEN ENVENENÓ EL GARUM DE CÉSAR! ¡ÁVIDUS ME LO PIDIÓ A MÍ!
¡EH, ÁVIDUS, DILE QUE ME LO PEDISTE PARA QUE LUPUS COLOQUE SU GARUM Y, HIP, TE MANDE A ROMA PARA SUSTITUIR A CÉSAR!
¡ESO SÍ QUE ES UNA VERDADERA DEFLA-GRAÇÃO! ¡BRAVO, ASTERIXINHO!
JA, JA, EL ALCOHOL HACE ESTRAGOS...
¡MENUDO TIPARRACO! ¡Y TODO PARA QUEDARSE CON LA DOMUS Y LOS ESCLAVOS QUE ME PROMETISTE!
¡GUARDIAS! ¡¡¡APRESAD A ESE BORRACHO!!!

¡OBÉLIX, DEJA UN POCO DE SITIO! ¡HA LLEGADO LA HORA DE PASAR AL POSTRE! NO HAY NINGUNA RAZÓN PARA QUE MALASARTES SEA EL ÚNICO QUE SE APROVECHE...
¡ESTÁN BIEN ORGANIZADOS ESTOS BANQUETES LUSITANOS!
¿HIP?
EL TIEMPO TODO LO HA BORRADOOOO. LAS RISAS Y LOS DÍAS FELICES SON COSA DEL PASADOOOOO, EN UN RECUERDO SIEMPRE VISITADOOOO...
¿QUÉ SENTIDO TIENE TODO ESTO, EN REALIDAD?
DE PRONTO TENGO GANAS DE SALIR A CAMINAR BAJO LA LLUVIA CON UN PERRO CIEGO...
¡DISFRUTAD, DISFRUTAD DEL BUEN HACER GALO!
¿ME PERMITES DOS SEGUNDOS?
NO TE PRIVES...
HUM... QUÉ RICOCH ECHTÁN ECHTOCH TROCITOCH DE CARNE CON ALMEJACH...
SÍ, HAY QUE VALORAR LAS MEZCLAS...
¡EH, QUE TE VEO!
YO TAMBIÉN TENGO QUE RECUPERAR FUERZAS, SEÑOR «TENGO DERECHO A BEBER POCIÓN»...
TÚ NO LE HAGAS CASO...

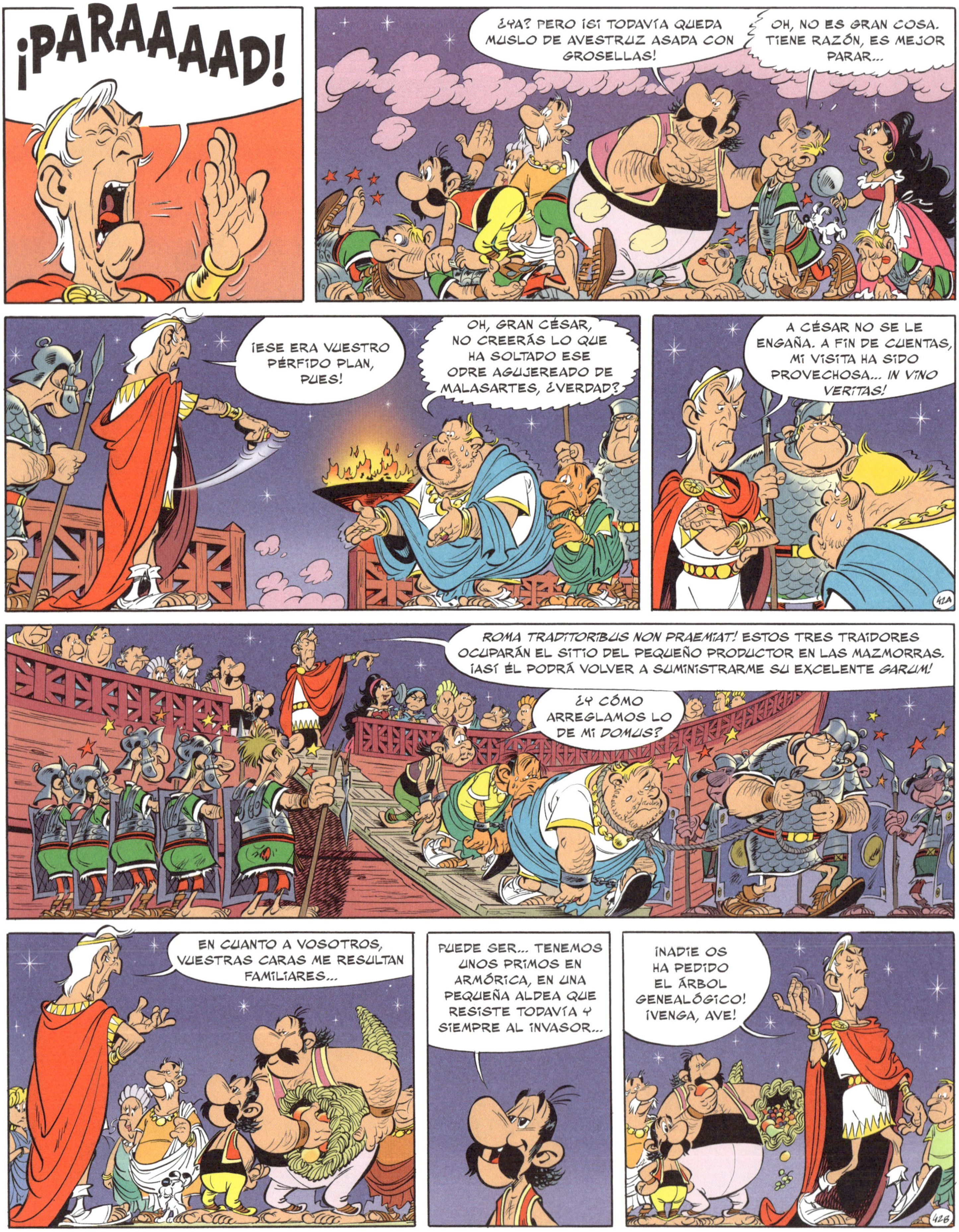
¡PARAAAAAD!
¿YA? PERO ¡SI TODAVÍA QUEDA MUSLO DE AVESTRUZ ASADA CON GROSELLAS!
OH, NO ES GRAN COSA. TIENE RAZÓN, ES MEJOR PARAR...
¡ESE ERA VUESTRO PÉRFIDO PLAN, PUES!
OH, GRAN CÉSAR, NO CREERÁS LO QUE HA SOLTADO ESE ODRE AGUJEREADO DE MALASARTES, ¿VERDAD?
A CÉSAR NO SE LE ENGAÑA. A FIN DE CUENTAS, MI VISITA HA SIDO PROVECHOSA... IN VINO VERITAS!
ROMA TRADITORIBUS NON PRAEMIAT! ESTOS TRES TRAIDORES OCUPARÁN EL SITIO DEL PEQUEÑO PRODUCTOR EN LAS MAZMORRAS. ¡ASÍ ÉL PODRÁ VOLVER A SUMINISTRARME SU EXCELENTE GARUM!
¿Y CÓMO ARREGLAMOS LO DE MI DOMUS?
EN CUANTO A VOSOTROS, VUESTRAS CARAS ME RESULTAN FAMILIARES...
PUEDE SER... TENEMOS UNOS PRIMOS EN ARMÓRICA, EN UNA PEQUEÑA ALDEA QUE RESISTE TODAVÍA Y SIEMPRE AL INVASOR...
¡NADIE OS HA PEDIDO EL ÁRBOL GENEALÓGICO! ¡VENGA, AVE!

Y LLEGA LA HORA DE QUE NUESTROS AMIGOS SE DESPIDAN DE OLISIPO...
¡ME HABÉIS SALVADO LA VIDA!
¡NUNCA LO HABRÍAMOS CONSEGUIDO SIN LA AYUDA DE TODOS VOSOTROS!
HAY QUE AGRADECÉRSELO A MI GAMA Y A TODO SU EQUIPO...
¿QUIÉN DIJO QUE LOS MORENOS NO SON PELIGROSOS?
¡AH! EL TINTE NEGRO DE MI LINA HA JUGADO UN PAPELAZO!
SÍ, HOMBRE, SEGURO...
¡VENID A VERNOS A LUTECIA SI TENÉIS OCASIÓN!
AL FINAL NO LE LLEVO NINGÚN REGALO A OXALÁ...
AUNQUE ESTABA PENSANDO QUE REGRESAR CON SU PADRE ES EL REGALO MÁS BONITO QUE LE PODEMOS HACER...
¡ESO ES BRILLANTE, OBÉLIX! ¡ME PREGUNTO DE DÓNDE SACAS SEMEJANTES IDEAS!
¡SIEMPRE HE TENIDO UNA MENTE MUY AGUDA!
TRAS UN APACIBLE VIAJE...
¡PAPÁ!
¡MI OXALINHA QUERIDA!
LO QUE HABÉIS HECHO PERMANECERÁ PARA SIEMPRE EN MI CORAZÓN... ¿CÓMO PODRÍAMOS AGRADECÉROSLO?
¡BAH! NO HA SIDO NADÃO...
¡COMENCEMOS POR OFRECERLES UNA AGRADABLE VELADA!

UNA AGRADABLE VELADA DURANTE LA CUAL OBÉLIX INICIA A SUS ANFITRIONES EN UN FOLCLORE MÁS... ¡GALO!
¡AL COMPÁS DEL CHACACHÁÁÁÁÁ, CON SU ALEGRE VAIVÉN, QUE GUSTO DA VIAJAR SI ES EN CARRO EXPRÉÉÉÉS!
TENGO LA IMPRESIÓN DE QUE TE HAS AFICIONADO DEMASIADO AL PORTUS CALE...
Y DESPUÉS DE UNA NOCHE ALGO CORTA...
¡HASTA PRONTO, AMIGOS, REGRESAREMOS!
¡AH, ESTOS LUSITANOS! SON TAN BUENA COMPAÑÍA... CUESTA IRSE, ¿VERDAD?
EL REGRESO TRANSCURRE SIN INCIDENTES DIGNOS DE MENCIÓN...
DEBERÍAMOS QUEDARNOS EN LA BALSA, GANARÍAMOS TIEMPO...
44A
Y LA LLEGADA DE NUESTROS HÉROES SE CELEBRA COMO ES DEBIDO ALREDEDOR DE UN GRAN BANQUETE, SIN BACALAO, POR SUPUESTO, PERO DESBORDANTE DE RISAS Y DE CARIÑÃO..., Y CON UN PEDACITO DE LUSITANIA QUE SE HAN TRAÍDO CONSIGO Y QUE COMPARTEN HASTA EL AMANECER...
Y, DE REPENTE, ¡ME HACÍA UNA FRENTE ENORME!
Fin
44B
FABCARO + CONRAD 2025

¡CHAC!
¡ESTÁN LOCOS, ESTOS ROMANOS!